目次

装幀　2DAY

はじめに

二〇一六年七月二十六日、テレビニュースから流れてきた信じられない事件。神奈川県相模原市知的障害者施設「津久井やまゆり園」で元施設職員によって起こされた入所者殺傷事件に衝撃を受けた。あまりの衝撃に、テレビの前でしばらく固まってしまった自分がいた。死亡者十九名、負傷者二十六名という痛ましい事件。『戦後最悪の大量殺人事件』と新聞、テレビ、ラジオで報道された。

私が衝撃を受けたのは、自分もそうした障がいを抱える子の親だったからだ。遠い将来、そうした障害者施設を利用する必要があるかもしれない立場にいる人間にとって、人ごとでない事件だった。

また、更に驚いたのは、殺傷の理由だった。

「重度障害者は生きる価値のない人間だから」

犯人の青年の言い分の趣旨はおよそこのような理由だったと記憶している。このような身勝手な解釈によって奪われた命。怒りと悲しみとで私の心は震えた。多くの人がそう感じたように……。特に被害者の家族はもとより、家族に障がいを抱えた者がいる家族は、その悲しみはどれほどのものだっただろうか。私も同じ立場……この事件からさかのぼること二十二年前から、私も障がい児の親になっていた。望んだ訳ではなく……。

「重度障害者は生きる価値のない人間」――この犯人の言う、こうした理由はどこから生まれるものなのか？　きわめて特異な事件ではある。滅多に起きない事件であって欲しいと思う。

極めて特異な事件ではあったが、私の中に強い衝撃を受けた出来事であった。

「生きる価値のない人間」というフレーズが私の頭の中をあれ以来、ずっとこだましていた。勿論、そんな風に考えている人は、ああした特異な人以外、ないであろう。でも起きてしまった。

「生きる価値のない人？」「価値のない人？」――大なり小なり、そう心の奥底で思う人もいるのか？　そんな寂しいとらえ方はあまりにも悲しすぎる。いや自分があの子の親になる前の意識はどうだったのか？　等など、ぐるぐる頭の中を色々な想いが駆け巡るようになった。そして、この出来事は同時にかつて私が想い悩んだ事をもう一度思い出させたのだ。

それは、私が高校生の頃にさかのぼる。高校生だった当時の私は、何か得意な事があるわけでもなく、勉強が出来るわけでもなく、聡明で容姿端麗という言葉からはほど遠く、自分を知れば知るほど自信がなくなり、そのため、友だちにも自分から積極的に話しかけられるタイプではなかった（それは今も基本的には変わらないような気がする）。そして、あの頃その自信のなさはどんどん内向きとなり、「そもそも人間の価値とは何だろう」と考えはじめ、一人で想い悩み考え込む事が多かった、可愛くない女子高校生だったと思う。そんな私も進路選択の時期となり、ますます、こうありたい自分と、ほど遠い現実の自分に自信が持てず、「人間の価値とは何だろう」「こんな自分はどう生きたら価値ある人生となるのだろう」と思い悩んだ記憶がある。利益優先の組織があったとしたら、そうした中で自分のようなとろい人間は、生きて行けるのだろうか？　今から思えば決してそんな風に思う必要はなかったと思うのだが、とにかく当時はそんなイメージを持ってしまっていたのだ。

あがきながら、選択した進路が社会福祉の分野だった。そして、大学の専門ゼミ選択で、特別支援教育分野を選び、そこで出会った仲間や恩師の影響を受けながら、少しずつ「自分はこれでも良いんだ」と思わせて頂き、励まし合いながら、回り道しながら、現在の教職に就いたのだった。結婚し、初めての出産がうまくいかず、後遺症を負うことになった。なんと仕事だけでなく、自分の子もいわゆる「障がい児」となったのだ。この時の事や想いはまた後ほど書くことにし、とにかく私は障がい児の親になった。その後は生きるのに必死で十代の頃に考えていた「人間の価値とは？」等という想いをじっくり考える余裕もなく日々を必死で過ごしてきた。しかし、衝撃的なあの事件が起きた。

「重度障害者は生きる価値のない人間」

犯人のこの考えを聞いたとき、若かった高校生の頃の迷走が再び私の中で動き出したのだった。障がい児の親になった今、またあの頃とは違う感覚を持ちながら……。

障がいを持った人の家族の生活の事を知ってもらう機会は今や色々あるであろう。でも、その人その人、その家族その家族によって違うものだ。二十六年前に障がい児の親となった私の人生にも私にしか感じられない〝かたち〟〝感覚〟があることを最近、強く想う。あの子との日常の中で感じたこと、反省したこと、自分の成長につながったこと……。

私は、特に障がいを持ったあの子に対して頑張った母親でもなく、成功した子育てをしたわけでもなく、立派な親でもない。しかし、どちらかというとその方が普通なのかもしれない。よく、障がいを抱えた子の子育てで、劇的な成功を収めた家庭が注目を集め賞賛されることがあるが、そうではなく、普通の家庭の方が日常の中にはむしろ多いのだ。私の家庭もそうだと思う。でも、そうした普通の私たちが経験したこと、感じたことを自分も残しておきたい、書き記しておきたい、そう思うようになった。

「生きる価値のない人間」？　そんなことを思わないで欲しい。勘違いして欲しくないのは、ここには世間への恨み辛みを書きたいわけでは全くないのだ。ここに書き記すことはまず、自分のためだ。でも、共感してくれる方が一人でもいれば幸せだ。大して立派な親をしてきたわけでも実践をしてきたわけでもない親だが、それでも生きている。幸せな生活をしている。こんな体験をした人間も、子どもも、家族もいることを書いておきたい。私が、生きた証として、生きた価値として。そして息子が、家族が生きた価値として。

あの日

平成六年九月一日、伊織は生まれた。私は初めての出産だった。待望の子だった。この日の記憶を思い起こす事は、私にとってかなり辛い事だが、書いておきたい。

妊娠が分かったときは、本当に嬉しく、この上ない幸せを感じた。後の章に詳しく記すが、私はいったん福祉分野に就職したが、転職を決意し、採用試験に臨み教職に就いた。忙しく仕事をし、年月が経つにつれ、結婚も子どもも本当に欲しかった私は、「私の婚期はどうなるのか?」と実は不安を感じていた。しかしご縁に恵まれ、子どもを授かることができ、これまでの日々を懐かしく思い、頑張ってきて良かった……と思えたのだった。

しかし妊娠と共に卵巣に大きな腫瘍があることが発見された。これには私は忙し過ぎたせいか、健康には無頓着で全く自覚症状を感じることなく過ごしてしまい、妊娠して婦人科にかかったからこそ発見できたものだった。赤ちゃんに感謝だった。このままでは母体も危ないし、赤ちゃんも育たないので、妊娠しながらの摘出手術が必要だと医師から告げられた。そのため安定期に入るまで待ち、卵巣腫瘍の摘出手術を受けた。私にとっても初めての入院で初めての手術となった。普通なら小さな傷で中をかき出せるはずだったが、赤ちゃんがいるため、赤ちゃんに負担がかからないように、お腹をざっくり斬って、そっと取り出さなくてはならなかった。そのため私の腹部にはざっくりと帝王切開のような傷が残ってしまった。が、そんなことは大事な赤ちゃんを生むためには何ともなかった。

無事、手術も終わり、腫瘍も良性であり、赤ちゃんも元気だった。仕事にも復帰した。妊娠期間中、大きなお腹で動き回ることは大変で気持ちも悪くなることも勿論あったが、私は赤ちゃんがお腹にいることが嬉しくて、本当に幸せを感じていた毎日だったことを覚えている。食べ物や様々な事にも気を遣い、丈夫な赤ちゃん誕生を心待ちにする毎日だった。産休まで無事に勤めることができた。産休に入りしばらくしてから、里帰り出産のための手続きをし、実家に近い病院にした。そこは総合病院なので安心していた。出産の準備をし、その日を待った。

予定日は八月十五日だった。しかし、予定日になっても陣痛は来なかった。当時、その総合病院の産婦人科は、自然分娩が最も母体に良い……ということで、陣痛促進剤は使っても、帝王切開は滅多にしない方針のようだった。予定日を過ぎると胎盤機能は落ちていくのではないか？　と思いながらいずれにしても、私は初めての出産だったため、よく分からないことが多かった。病院に任せるしかなかった。予定日から十日過ぎた頃、陣痛は来ないが、軽い出血があり、いわゆる「おしるし」というものかもしれない……と思い、入院の準備を持参し病院に受診し症状を話した。何故か医師の診察はなく、看護師から、「でも、陣痛が来ていないし、心音もしっかりしていますから、今日はお帰り頂いて良いと思いますよ」と言われた。「大丈夫なのか?」と思いつつ、そう言われれば「そうなのか」と思い、従った。

　実家に帰ったが陣痛は来ず、予定日から二週間過ぎて入院した。が、入院してすぐに陣痛促進剤は打つことはなく、検査等をしてその日は過ごした。促進剤を打ってもらったのは、結局「正期産」を超えてからの九月一日だった(母子手帳の出産記録には「過期産」と記録されている)。あの日の事は、一生忘れられないだろう。色々な意味でだ。促進剤の点滴が打たれ、陣痛が起き、痛みで意識が朦朧としながらも、分娩室のばたついた様子は私にも感じ取れた。ばたばたと分娩台の周りに集まる様子が窺えた。

「先生、心音途絶えました。出しましょう」

という助産婦の静かな声が聞こえた。次に大きな声で、

「成澤さん、ちょっと切開しますよ。合図でいきんでください」

「はい、いきんで」

という合図と共に私は精一杯いきんだ。助産師が同時に私のお腹を力一杯押した。

「出てきた。出てきたからね」

「男の子よ」

　取り出されたあの子を見た。一瞬しか見せてくれなかったが、泣き声をあげず、体全体が黒に近い海老色でぐったりとしたあの子を見た。髪が黒々と生えていたのを憶えている。すぐにどこかに連れて行かれた。朦朧としながらも私は、

「どうして泣かないんですか？」

と質問した。医師は、

「うん。今、処置しているからね」

と答えた。どのくらいしてか？　数分だったのか？　泣き声を聞いた。医師は少し興奮したように、

「泣いた。泣いたからね」

私は、単純にホッとしていた。連れてきて、抱かせてもらえるのかと思っていると、いつまで経ってもあの子は連れてきてもらえなかった。後で分かったことだが、そのころ、あの子はテレビでよく見る透明の箱に入り、沢山の管につながれ、処置が開始されていたようだ。

戻ってきた年配の産婦人科医師が、私の周りを行ったり来たりしながら、下を向き、言葉を選びながら（？）ゆっくりと話しだした。

「へその緒がね、う～ん。巻いていたんだな。低酸素になってね……。仮死状態だったんだな。でも、聞こえたでしょ？　泣いたの……。大丈夫だと思うよ。今、処置しているからね。あなたもかなりの出血だったから、しばらく安静にしましょう」

と言い、去って行った。私は、安静ということで、ベッドに移されたと思うがよく憶えていない。そのまま一人で浅い眠りについた。しばらくして病棟に移されるときに、廊下で待っていた主人や両家の両親に会った。主人は私に、

「ご苦労さん」

と頷きながら言った。

「あかちゃんは？」

という私の質問に、

「うん。大丈夫だよ」

と、いつもの表情で答えた。


後で知ったが、このとき、主人は何が起こったかを医師から聞いていたらしい。私に心配させまいと、顔色一つ変えずに答えた、あのときの主人の心中、一人堪えていた気持ちを思うと、胸が熱くなる想いだった。

病棟に移された私は、授乳時間には他のお母さんと同じように授乳室に行った。授乳室に行っても他のお母さんのように赤ちゃんを抱いて授乳することはなく、自分一人で絞り出しパックに詰めるだけだった。なんと寂しいことだったか……。「いろいろな処置をしている。安定するまで」という説明だった。決められた時間にガラス越しに面会できるだけだった。


男の子だったら……と主人が考えてあった「伊織」という名をつけた。

「伊織くん、ママですよ」

と、ガラス越しに話しかけた。たくさんの管につながれている伊織が痛々しかった。また表情が何となく苦しそうなことも気にかかった。

私には『障がい』についての多少の知識があったこともあり、「低酸素」「仮死だった」ということがとても気にかかっていた。夫に聞いてみると、

「山は越えたそうだ。大丈夫」

とだけ私に言った。それでも嫌な予感がつきまとった。「低酸素」や「仮死状態」が及ぼす影響についての事例も多少知っていたからだ。私の不安はいよいよ高まり、小児科医に説明を求めた。出産後三日目だった。

主人も同席し、若い男性医師から事実を告げられた。

「へその緒が巻いていたこと、正期産の範囲を過ぎ、胎盤機能が低下していたこと、色々な状況が重なり、左脳の殆どに低酸素による脳内出血が確認されました。今後の成長ですが、後遺症が残ってしまうことになるでしょう」

私は頭がぼうっとし始め、若いその医師の顔と体が後ろに遠のいていくのを感じていた。

「誰に言っているの？　何を言われているの？　これ、私に言ってるの？　これは夢なのか？」

夢ではなく、現実の話であることに意識が戻されたのは、その若い医師の、良い意味でのこうした告知に慣れていないと感じさせる、誠意ある態度と言葉だった。目を赤くしながら、その医師はこう言った。

「お母さん、お父さん。伊織くんは生まれ出る時に、おそらく一生分の苦しみを味わってしまったのだと僕は思います。ですから、精一杯の愛情をかけて育ててやって下さい」

　これに対し、私は何と返したのかは憶えていないが、私に、私の初めての子に、あんなに楽しみに大事に十ヶ月間お腹の中で育ててきた私の子に起こったことなんだ……ということは自覚させられた。嫌な予感は的中していたのだった。

　主人はこのとき、同席していたが、すでにおよその事は聞かされていたようだった。出産直後は「命については今夜がやま」とも言われていたようだ。医師と相談して、母親の私には、もう少し後で話す予定だったそうだ。医師と話した後、主人と二人になったとき、そう、主人は話してくれた。この時は頭が真っ白になり余裕がなかったが、少し経ったころ、私は、主人はあのとき一人で不安に耐えていたのかと思うと、申し訳ない気持ちでいっぱいになった。

　とにもかくにも、こうして私はあの日、初めて母親になり、そして同時に障がい児の母親になったのだ。

苦悩の日々

それからの苦悩は、何と言葉にしたら良いだろうか。医師から告知を受けての入院中は、授乳時間に授乳室に向かう事に気が向かなかった。一人で絞り出すだけだった。もちろん、絞り出した母乳をあの子が飲むことは分かってはいるのだが……。他のお母さんが赤ちゃんを抱いて授乳しているのを見ることが辛かった。私の他にも、何らかの理由で、赤ちゃんは手元に来ず、絞り出すだけのお母さんもいたが、しばらくすると赤ちゃんは戻ってきていた。

ベッドに戻っても眠れない時間が続いた。そっとベッドを抜け出して、小児科の息子が入院している病棟に看護師さんに見つからないように（見つかって色々聞かれるのも、目立つのも嫌だった）行き、窓から覗けるかと思い、行ってみた。カーテンが閉まっていた。面会時間にしかカーテンは開かないのだった。仕方なく、他の病棟をフラフラと歩き回った。歩きながら次から次へと勝手に浮かび上がる想いをどうすることもできずにいた（今から思うと笑ってしまうような内容までだ）。

私の何がいけなかったのか？　つまらないことまでもぐるぐると頭の中を駆け巡っていた。夜更かししか？　何をしていれば良かったのか？　おしるし的な出血が来たとき、強引にも「陣痛促進剤を打って下さい」「入院させて下さい」と言えばよかったのか？　自分の勉強不足があの子を守れなかったのか？　何かの罰が当たったのか？　自分の母親に生意気な事を言ったことか？　でも両親には親孝行しようとは思ってきたはずなのに？　学生時代にハンディキャップを抱える男友だちからの告白を断ったことがあった。「この思い上がり」と罰があたったのか？　自分は障がい児教育を志したが、障がい児の親になろうと思っていた訳ではない。いや、そんな生半可な気持ちに天罰が下ったのか？　もしかしたら、かえって自分にそうした運が引き寄せられたのか？　自己嫌悪が常に私を悩ませた。

昼間になると小児科の乳児病棟の面会時間に合わせて、知人や家族が面会に来た。人に会いたくなかったが、子どもにはガラス越しでも会いたかったので、自分も行き、カーテンが開けられるのを待った。何事もなく生まれた赤ちゃんは、小さなケースのようなベッドにずらりと並び、面会者の並ぶ窓の近くにいた。息子のように、何らかのトラブルや異常があり、処置の必要な赤ちゃんは、保育器の中で遠くの方にいた。まだ、その頃は沢山の管につながれていた息子。涙がこみ上げて来るのを見られないようにと気を遣った。

「あそこにいるに。元気だよ。パタパタうごいてるに」

「へその緒が巻いて生まれるのはよくあるだよね」

と母と義母は話していた。両家の家族は嬉しそうに見ていた。

私は左脳に出血、と聞いたので、右の動きに注視して見た。やはり……右の動きは左と違って明らかに弱かった。点滴やら色々につながれていたから、一見分からない。両家の両親には、主人からへその緒が巻いていて苦しかったから処置をしている……ぐらいで、まだ詳しい事情を話していない。両家にとってどちらとも待ち望んでいた初孫だった。そんな両家の両親に何と説明したら良い？　実母はすでに不治の病に侵されていた。

見られないようにしていた私の涙を、義母の姑が見つけてしまった。姑は、大変優しい女性なのだ。異変を感じ取り、側へ来てくれた。

「理恵子さん、なんしたの？　泣くなや。大丈夫だよ」

と、一緒に涙を流し、私の顔も拭いてくれた。でも、しかし、申し訳ないが、この時の私の精神状態は涙に気付いて欲しくはなかった。一人になりたかったのを憶えている。

子どもには出来るだけ早く、触りたかったし、刺激を与えてあげたかった。触らせてもらえないかと頼み、よくよく消毒してから病室へ入れてもらった。保育器の小さな穴の中から手を入れ、伊織に初めて触れることができたのを覚えている。まだ色々な装置が付いているので、指でそっと体をさすった。嬉しくてこの時は笑顔になれた。

しばらくして、私は退院して実家に帰った。孫の誕生を心待ちにしていた両親の元に私だけが帰って行った。その後、息子は一ヶ月、入院し保育器に入っていた。

出産前、大きなお腹で里帰りした。父は数年前に脳梗塞を患い半身麻痺、母は不治の病にかかっていたためどことなく暗かった両親の生活だったが、久しぶりに娘の私の帰省とやがて生まれてくる孫の誕生を控え、親子水入らずの生活は、実家に明るさと穏やかな空気を作り出すことができた。少しは親孝行できたか？　と私もとても楽しく幸せを感じられたのだ。が、それがあの日を境に一変してしまった。両親はともかく、私の中では一変してしまったのだった。

私は毎日母乳を絞り、病院へ運んだ。それ以外は人に会いたくなかった。部屋に閉じこもっていた。両親へも説明の仕方やタイミングをどうするかで悩んでいた。ベランダで孫のために母が縫った肌着を下洗いし、干す母がいた。退院してきたら着せようと準備しているのだった。「こんな肌着も、すぐ着られなくなっちゃうよなぁ。すぐ大きくなるからなぁ」と、歌うようにつぶやいていた。母は楽しげだった。私は障子越しにそれを聞き、声を殺して泣いた。申し訳がなかった。

私は退院してどのくらいだったか？　一週間もした頃だったか？　熱を出した。気持ちも体も疲れてきていたのかも知れない。熱を出している時の母乳は赤ちゃんには良くないと聞いていたので、すぐに病院に電話してみた。「受診に来て下さい」との事で診察してもらうと、乳腺炎だと言われた。母乳を赤ちゃんに使えないので、早く治さなければならない。私はそのまま入院となり、点滴処置を受けた。何だか、疲れた。ぐったり、という感じだった。

ベッドでうつらうつらしていると、産科に入院している頃の看護師さんが面会に来てくれた。その看護師さんは、産科に入院中、一人で母乳を絞っている私によく声をかけてくれた方だった。お名前は分からない。いくつぐらいの方か？　若いと思うが、看護師の仕事にはもうそれなりの経験を積まれ、ある程度の貫禄をもった感じの方だった。私の事情も知っているのか、よく声をかけて下さっていた。私はその頃、気持ちがどん底で、話しかけてくれた事に、きちんと応じられていたかは、自分でもよく覚えていない。また入院してきた私に、

「成澤さん、大丈夫ですか？」

とベッド越しに静かに話しかけてくれた。私は苦笑いしながら小さい声で、

「はい。また戻ってきちゃいました。でも一日二日で良いと言われています」

とかなんとか返したような気がする。この頃の私は、とにかく気が晴れないことから、一人で居たくて、人に会いたくなかった。私は、性格上、人見知りもするせいか、人に接する時は、割と気を遣いながら接する癖がある。相手に不快を与えないように接しなければと無意識に考えてしまう。だが、この時はそういう気力がなく、明るく対応できる自信もなかったし、気を遣うのが面倒だった。自分の事で精一杯だった。無口でいる私に、その看護師さんは、

「お母さんが元気にならないとね。赤ちゃんも……ね！」

と言葉を選びながら、静かに話しかけてくれた。

「はい……」

と答えながら、不覚にも泣いてしまったことを覚えている。しばらく沈黙のあと、

「成澤さん、今、何かして欲しいこと、ありますか？」

と聞かれた。そう聞かれて、自分でも、自分の心に問いかけてみた。今、私の心は何を欲しているのだろう……としばらく考えてみた。そしてこう言っていた。

「あの……。赤ちゃんを、子どもを抱っこしたいです」

恥ずかしながら、泣きながら言ったと思う。すると看護師さんは、しばらくしてから、

「そうですよね。もう少ししたら、処置も終わって、赤ちゃんの体もしっかりすると思うので、大丈夫だと思いますよ。今日はゆっくり眠って、早くお熱下げましょうね」

と言って帰って行った。その後、点滴をすると、すぐに熱は下がり、やはり二日ほどで退院できた。それからすぐに抱っこできる許可がおりた。母乳を届ける時間に合わせて決められた時間に抱っこできることになった。頭にキャップを付け、入室用の上着を着て、手を良く消毒し、別室で赤ちゃんを連れてきてもらえるのを心待ちに待った。

「はい。伊織くん来ましたよ。お母さんに抱っこしてもらおうね」

と小児科の看護師さんに話しかけられながら、あの子はやってきた。看護師さんは私に抱く時の注意を指示しながら私に伊織をそっと渡してくれた。ドキドキしながら、壊れないように抱っこした。暖かく、案外しっかりとした重みがあったことを記憶している。そういえば生まれた時の体重は三千四グラムだった。目はしっかり見えていたかは分からないが、目を開けて少し不安そうにしていた。口をもぐもぐ動かしていて可愛らしかった。

あの看護師さんの口添えがあったかどうか分からない。ちょうど、処置も終わったのかも知れない。が、この時のこの看護師さんの対応は、暖かな心の交流として私の記憶の中に残っている。

心が寒くなる思い出

逆に心が寒くなるような思い出もある。私はこの場に、世間への恨み辛みを書くつもりはない。が、それにしても、何故息子はこうしたアクシデントに見舞われたのか？ どうにか出来なかったのか？ と親としては考えてしまうのだ。お腹の中では、生まれ出る時までは正常に育っていたはずなのに。

特に引っかかったのは、『過期産』ということだった。小児科医も「胎盤機能が落ちていたこともあり酸素が……」という話もあった。その病院では自然分娩が一番良い、母体にも出産後の負担が少なくて済む、という考え方が強かったように思う。それは確かにそうだと思う。何事もなければ。しかし、予定日を過ぎて過期産までどうしてとどめる必要があったのだろうか？ 一日でも二日でも早く、機能が低下する前に何故、陣痛促進剤を打って出産させてもらえなかったのか？ 私はその疑問をどうしても明らかにしたいと思ってしまった。それは主人も同じだった。

それから、こんな大変なことがおきたのに（そう思っているのは私たち家族だけなのか？）、出産以来、産婦人科医と話す機会が全くないのも疑問だった。そこで出産時の説明を受けたいと、病院に連絡をとった。後日、病院の医事課（？）からという方から電話が入り、主治医が面談しますから……と日と時間を決めた。夜だった。私は主人と共に病院を訪れた。

産婦人科外来室の一室に通され、白髪の多くなったその主治医が待っていた。あの日、出産を終えてすぐに子どもは別室に運ばれ、私だけが分娩台に残された際に、子どもに何があったかを、言いづらそうに（私にはそう見えただけかもしれないが）話した医師。

「でも、泣いたからね。良いと思うよ」

そう言っていた。

私と主人がその日訪ねた時、その医師は最初から明らかに興奮気味だった。戦闘モードだった。

「今日はお時間を作って頂き、ありがとうございます。出産以来、お話しする機会がなく、子どもにはいろいろ問題が残り、あのときの状態のお話を少し伺いたいと思いまして……」

と切り出した主人に、その医師は少し大きな声で、

「ああ、成澤さんね。せっかく来てもらったんだけどね、こちらにはなんの落ち度もないからね」

と始まり、まくし立て始めた。おしるしがきてから自分ですぐに受診したが、問題ないとその日帰されたこと、二週間以上お腹に留めてからの促進剤投与のことなど、素人ながらも不審に思うこととの説明を求めたが、難しい医療用語をまくし立て、結局は「こちらにはなんの落ち度もないから」を繰り返した。仕舞いには話の中に私たちの職業の事を持ち出し、

「あなた方、先生なんだってね。先生様だから、なんか質問したくなる気持ちも分からないでもないけどね。でもそういうことだから。訴えてもらっても何もないから」

主人と私は唖然とした。

病院の外来室を出て、廊下を二人で歩いて帰りながら、なんとも言えない哀しさが込み上げてきた。

「どう思った？」

主人が私に聞いたが、私はなんとも言えない想いが胸の中を駆け巡り、言葉にできなかったのを覚えている。

「結局、訴えられたくないんだろう。でも、他に何か言うことなかったのかね。あきれるな」

そんなような事を主人は言ったように覚えている。少なくとも私たちは、訴えようと思って話を聞きに行ったのではなかった（病院側としてはそう受け止めても仕方はないが）。何故あしたことがおきたのか、知っておきたかっただけだった。そして、願わくば、医師の説明の中に息子が後遺症を残すことになった事、障がいを抱えることになった事へのいたわりある対応を少しは入れて欲しかった。

私はその頃、伊織の出産以来、どうにかあの日に戻れないものか……と思ったり、あの日のトラウマか、その病院の産婦人科近くを通ると、ドキドキしてしまったりしてしまうことが多かったのだが、この医師のあの対応はそのトラウマに拍車をかけることとなった。用事で病院を訪れるときは、できるだけ産婦人科を避けるようになっていた。

私の友人の中に、助産師になっている友人がいた。私の出産や子どもに起きた事を、他の友人から風の便りに聞いたのか、まもなく電話をくれたことがあった。私は、出産時の様子やその後の医師の対応を友人に話した。彼女は、専門的な知識があったのだろう。話を聞いた後、

「訴えるべきだ。弁護士を紹介するよ」

と言った。また、

「一生涯育てていける、面倒を見ていける自信があるの？」

とも言われた。自信なんてない。先のことは分からない。しかし、私たちは訴える事に関しては二の足を踏んだ。主人も私も、そして主人の家族も争い事が苦手な性格だった。それに、訴訟をおこしたところで、伊織の障がいは治るわけではないのだ。友人は、障がい児を育てるときの生活費の足しにできる……という意味合いでも訴訟を勧めてくれたのだと思う。だが、その頃の私たちは、それをあまり賢明だとは思えなかった。その争いにかける精神的な労力、エネルギーをリハビリに回した方が良いのでは……と話し合った。ああした対応をした医師には思うところもある。しかし、私たちはあの子に起きた事を受け入れ、穏やかな普通の生活の中での子育てとリハビリに励むことを決断したのだ。

そしてトラウマは解けた

障がいやてんかん発作を抱えることになった伊織は、病院にひっきりなしに通わなければならず、地域でも有名な総合病院であるその病院にはどうしても頼らなくてはならない。小児科を退院後も二週間ごとに通院しなければならない。が、相変わらず、産婦人科近くに行くと、気のせいかドキドキしてしまう状態は続いていた。できるだけ避けて通院していた。しかし、そのトラウマは時間をかけてやがて解けたのだった。解かしてくれたのもこの病院の産婦人科医だった。それは二人目の出産が終わった時に解けたのだった。

伊織が二歳近くになったとき、二人目をお腹に授かった。病院を変えようか……とも思ったが、もしも何か起こったときに小児科も備わっている、長男を産んだこの総合病院の方が、やはり良いのでは？　伊織もあの日仮死状態となり、早く処置をしてもらったことで、後遺症もまだあの程度で済んだのかもしれない。地域の医療環境もあり、医療機関は限られており、多くの中から選べる環境にはない。伊織のリハビリを続けながら生活環境を整え無理のない産科受診ができるところで、何かあったときに備えられるところは、やはり伊織を生んだこの総合病院だろう。

意を決して、私は長男を出産したときの切なかった事を手紙に書き、産婦人科外来受診の際、提出しておいた。今度の担当医は女医さんだった。妊婦さんの間では、なかなか言うことが厳しい……と評判のある先生だった。しかし、何回か接していくうちに、私はそれは体重制限や妊婦として自分自身の身を守る努力をしない人への事ではないのかと思われた。胎児のことを考え、食べるものや体重増減に気を付けて生活する方だった私は、あまり厳しいことを言われたことはなかったし、分からない事や不安な事を質問すると、適切にてきぱきと答えをくれた。たまには健常児でない上の子の散歩の時の様子――伊織の歩行訓練も兼ねながら大きなお腹をしながら散歩に連れだすのだが、伊織は何かにこだわると動かなくなり、家に帰れなくなる事がよくあった。九時頃家を出て午前中いっぱい家に戻れなくなることがよくあった――を話すと、その大変さを察してくれるのか、

「あなた、お腹に赤ちゃんいるのに体力ありますね。上手にコントロールはできていますが、無理しないで下さいよ」

と言ってくれることもあった。妊婦さんの間での噂「あの女医さんはきつい……」と聞いていた私は、「噂は噂であって、やはり自分で確かめないと……」とつくづく感じた。いつもその短く、さりげない言葉の中に、思いやりを感じることができ、気持ちがほっこりして帰ることができた。また、総合病院で受診者の数が大変多いその病院では、上の子の時は、主治医がいても日によって他の医師に受診がどんどん回され、毎回違う医師に診てもらうという状態になることも多かった。だが、二人目の時はその主治医の女医さんが診てくれることが多かった。

それも安心だった。何かの機会に看護師さんが、

「カルテに『この患者さんは私に回すように』とあります。先生は、あなたを分娩まで診るおつもりのようですよ」

と教えてくれた。手紙の効果なのか、とにかく気持ちに寄り添ってもらえた気がして配慮が感じられた。ありがたいと思った。

そして、二人目の出産予定日の日。陣痛が来ない……。長男の時も陣痛が来なくて、遅れて、そして……と私の中にあのトラウマがよみがえり、不安でいっぱいになった。受診した私は、女医さんに半分パニックのように不安をしゃべり続けたように覚えている。

「まあ、落ち着いて。落ち着いて家に帰ってゆったりとお風呂に入ってごらんなさい」

そう言われて帰された。家に帰って言われた通り、お風呂に入った。すると、夕方……痛い、うん？　痛いぞ……来た。陣痛が来たのだ。主人も帰宅していたため、

「よし。行こう」

と、準備してあった入院用具をもってすぐに病院に。その医師はにこやかに迎えてくれた。分娩台に上がり一時間程度で出産できた。安産だった。そして生まれるまで性別は聞いておかなかったが女の子だった。何より嬉しかったのは、生まれてすぐに産声を上げてくれ、そしてそのまますぐに赤ちゃんを抱けた事だった。私の胸の上にのったその子は元気よく泣いていて、とても暖かだった。この感覚……。この瞬間を長男の時も待ち望みながらできなかったこと。

▲伊織 10ヶ月頃

◀幼い頃の伊織と私

その時ようやく実現できたのだ。そして何より両手がしっかりと動いていた。嬉しかった。本当に……。

「先生、ありがとうございました。上の子の時、これができなかったから、嬉しいです」

そう言うと、女医さんはニコニコと頷きながら、

「良かったわね。おめでとうございます。母体も問題ないですよ」

と短い言葉をくれた。

長男の出産以後、産婦人科病棟に近づくとドキドキしてしまうあのトラウマは、この時にほぼなくなったのだ。

てんかん発作の恐怖

入院期間を経て、退院するとき、様々な指導をうけた。特に私は初めての子だったので、赤ちゃんの世話について緊張して指導を受けた記憶がある。それに出産時、あれだけいろいろとあった子だったから。必ず薬を飲まなければならない……ということだった。沢山の指導の中の一つで、この時はいろいろあった子であるし、しばらくは薬も飲むのだろう、程度に思っていた。乳児だったため、飲ませ方にコツがいる。お腹がいっぱいになってしまわないうちにしっかりと飲ませなければいけないとのこと。一日三回、授乳前に注射器に液体の薬を決められた量を吸い取り、口に入れる。味がまずいのか少し嫌な顔をする。それを吐き出さないうちに母乳を含ませ、吸い付かせる。手際よくやらないと飲まなくなってしまうので、お腹が空いている時を見計らって、しかも薬の量が一定になるよう、投薬時間を一定にする。

上手く飲んでくれ、ゲップもちゃんとして、ご機嫌良くなってくれるとホッとした。まだ慣れないころ、ゲップもして上手く飲んだと思ったのに、その後嘔吐してしまったことがあった。そんなときは病院に連絡するよう言われたことを思いだし、電話すると、薬は大事なので、もう一度、飲ませるよう指示をうけ、苦労して飲ませたことがあった。また、薬があとわずかになっていたにもかかわらず、嘔吐してもう一回飲ませようとするが失敗。薬がなくなってしまったことがあった。病院に電話すると、すぐに取りに来るよう言われたこともあった。この薬はやはりとっても大事なんだなと、改めて感じた自覚の足りない母だった。この薬が抗てんかん薬だった。服薬に神経を使うこともあり、

「この薬はいつまで飲むのですか？」

と医師に聞くと、

「たぶん、一生涯、必要です」

と。私は絶句した。脳に負った傷のために脳波に異常が診られ、てんかん発作を引き起こしている、と言うことだった。どのような発作になるのかはまだ赤ちゃんなので、様子を見なければ分からないということだった。お医者さんも母親のショックを考えてか、それとも赤ちゃんのうちは本当に様子を見て検査してはっきりしたら話すのか、病状を小出しに伝えてくれる（？）ような気がした（ちなみに、後についた息子の障がい名は身体障害者手帳に「脳性麻痺による右上下肢の機能障害」２種３級と記されていた）。

　てんかん発作という息子の症状を退院してからまだ見たことがなかった。しかし、ある日異変は起きた。ご機嫌良く笑っていたと思った。しかし大きな呼吸をしたと思ったら、だんだん顔がこわばり眼球が両眼とも片方へよってしまった。身体が硬直していく。ぴくぴくともしている。呼吸が苦しそうだ。呼びかけても反応がなくなっていく。それどころか唇が青くなって、顔面から血の気が引けていく……。意識がなくなっていく。何これ？　ただ事ではない。『異

変が起こったときはすぐに小児科へ』を思いだし、病院へ連絡。病院からは、

「起こりはじめの時間を見ておき、すぐに救急に連れて来てください。救急車を呼ぶよりお母さんが運転できて一刻も早く連れてこられるならその方が良い」

と言われた。大急ぎで車をとばして病院に行った。救急に駆け込むと連絡を受けていたのか、小児科の看護師さんがすぐに息子を抱きかかえて連れていった。私は力が抜け椅子に座り込んだ。

「今処置していますからね。お待ち下さい」

と窓口の方が声を掛けてくれた。

これが、息子のてんかん発作だった。この後、何度となく、こういう発作を見ることになった。すぐに発作を止めるための座薬が処方され、冷蔵庫に常備した。毎日の投薬をしっかりし、長いお出かけになるときは保冷剤と共に座薬を持ち歩いた。

車でのお出かけの際は、後部席のチャイルドシートに乗っているのだが、大人しくなったな……と後ろを振り返ると発作を起こしていたり、夜寝ている時に、何となく異変を感じて目を覚ますと発作だったりした。夜、こちらも眠っているときに発作を起こして気付かずにいると思うと恐ろしいが、これが不思議と目を覚ます。

「パパ、起きて。伊織、発作だよ」

と主人を起こす。すぐに病院へ行く準備をして飛び出す。主人に、

「よく気付いたな」

と言われたが、自分でも本当に感心することがある。父親である主人も、一度、私が疲れていて寝入ってしまっているときに、気付いてくれ、

「発作だ！」

と起こしてくれたことがあった。やはり二人とも「親」になっていったのか？

息子の発作は、幼年期、小学校に上がるまではよく起こしていた。起こす度に脳へのダメージが心配だった。

「起こしたらすぐに座薬を入れる。三分経っても止まらなければ、病院へ」

と医師から言われていた。保育園や小・中学校入学時、学童保育などには発作を起こしたときの対応方法を書き出し、先生に渡しておくことにしていた。特別支援学校ではこうしたマニュアルは慣れているが、一般の保育園、小・中学校では慣れてはいないから。

息子の発作は幼年期までは、起こすと三分どころか、病院に運んで注射を打ってもらわなければ止まらないくらい、大きな発作となった。保育園の頃、伊織に就いてくれて、伊織も大好きな加配の若い保育士さんは、初めて伊織の発作に遭遇したとき、連絡を受けて私が駆けつけると、伊織のあまりの変貌ぶりに青くなっていた。

「伊織くん、こんなになっちゃうんですね」

と青ざめた顔で言ったのを覚えている。呼吸が上手くできなくなり血の気が引くことや、意識

がなくなり、大抵、おしっこも漏らしてしまっていたからだろう。

普通小学校への入学時は、受け入れる方もこの発作を持っていることで、随分心配されたことと思う。しかし、良くしたもので、小学校に入学する頃には、薬の調整が上手くいったのか、身体もしっかりしてきたのか、幼年期のような大発作は起こさなくなっていた。伊織も自分で「薬を飲まないと辛い発作が起こる」と自覚しているかのように、しっかりと自分で薬を飲むようになり、小学校時はまだ昼に服薬が必要だったが、自分で服薬し管理ができるようになっていた。担当医も驚いていた。学校の先生には一応、予備薬をランドセルのどこに入れてあるか説明はしておいた。自分で管理するこの習慣はとても助かった。

保育園の年中ぐらいから、家族旅行に行くとき、

「旅行の準備をしよう。何を準備したら良いかな?」

と聞くと、息子はいつも一番に、

「お薬。それから……」

と言う子になっていた。嬉しいような悲しいような……。主人と顔を見合わせ苦笑いした。

てんかん発作は、大発作はなくなり、起こしても一分ほどで収まるようになってきた。しかし未だに薬の調整は続いている。

あの子が宿るまで……私という人間

私は大学で社会福祉を専攻し、卒業後は専攻した方面に近い業種である新設された身体障害者療護施設に就職した。希望した方面であったし、好きな仕事であった。新設の社会福祉施設とあって、福祉の道を志した私と同じ新卒の若い職員や、自分の生き方を見つめ直し、わざわざ転職し、福祉の世界に飛び込んで来た志ある中堅職員と職場を共にすることができた。入所している利用者さんもだが、職員もなかなか個性豊かな人々で刺激を受けた。当時の人たち、仲間たちとは、未だに交流があり、良いおつきあいをさせてもらっていることは幸せである。

仕事は楽しかった。自分に向いている業種であったと思う。ただ、新卒で就職する際、私の心の中には若干の迷いがあったのだ。私は学生時代、一応教職課程を取得していた。専門ゼミも障がい児教育（今でいう特別支援教育）関係のゼミだった。教師になること、それも自分の中では主に特別支援学校の教師になることに若干の未練があったのだ。ただ地元の県は当時、特別支援学校だけでの採用枠はなく、受験するなら、大学時代に自分が取得した中学校社会科か高校社会科で受験しなければならなかった。大変な倍率だった。私の学力に加え、教育学部でもなく、知名度の低い私の出た大学では、とても教員採用試験突破は無理……とはなから自信がなく、教師への道は諦めてしまっていた。

職場は楽しく、人間関係にも恵まれ、充実していた。が、私の中で何かやり残した後味の悪さも抱えていたのは事実だった。加えて、職場の中で色々な事が起こった。様々な理由で早くも退職する職員が後を絶たなかった。当時、新設施設であるがために運営の方向にも、志の高い職員の多いが故、経営者との対立も起こった（今となっては懐かしい思い出だ。当時はお互いの理想を主張し、経営者も職員も切磋琢磨した現れではなかったか。新聞沙汰にもなった出来事も全てが懐かしい）。そうしたゴタゴタも含め、それでもこの施設で一生働いて行こう……と思えば、その方向も良かったのかも知れない。私は当時から、仕事は結婚までの腰掛的に考えるタイプではなかった。いや、それも悪くないのだ。当時、自分がそう考えられれば、今、この時の事だけを想い、もっと気楽に生活を楽しめたのかも知れない。しかし、私の中で何かがしっくりいかなくなった。

大学は地元だったので、近かった。後輩もいたし、ゼミでお世話になった恩師も当時はまだ大学に残っていたので、大学に時々遊びに行くことがあった。

このゼミの先生や仲間との出会いも、その後の私の人生に少なからず影響を与えた人たちだったと思う。特に恩師は強烈なキャラの持ち主だった。歯に衣着せぬ物言いをするタイプだったし、あまり他人の話は聞かない（ように見せかけるのか、実際そうなのかも知れない）人だったし、頭の回転が速すぎる（?）のか、こちらには言うことがコロコロ変わるように思えてしまうし……（実際そうなのかも知れない）。なので、離れる学生と付いていく学生に分かれたかも知れない。少なくとも私は言われた事を受け止めてしまうタイプだったので、この先生にはびっくりした方の学生だった。教師……というより、研究者なのだろう。社会福祉分野の教官でありながら、福祉の優しい感じをかもし出す人ではなく、どこかギラギラした野心を感じさせる先生だった。社会福祉を志してきたゼミ生は、皆、大変心優しく、学生の方が、「この先生、面白い」と、包み込んでいたところがあった。私もしばらくして「こんな先生、いるんだ。大学はやはり自由で面白いな」と思えるようになった。

話が逸れたが、先生にはこの時、相談ということではないが、職場で起った色々なことを近況がてら話した。当時はまだ、話すだけで、正直自分でもどうしたいのかがはっきりしていなかったと思う。教職を目指すにはとてつもなく自信がなかった私だった。先生は多分、私が教職への未練を残しながら福祉施設へ就職をしたことをご存じだったと思う。先生は自分の言いたいことを話し、他人の話を聞いていないように見えながら、大切なところは聞いている、不思議なところがある人だった。雑談話をしながら、

「だから、教師になれって言ったでしょ?」

と先生は不意に言った。

「……でも私、無理です。自信ないです」

「また、それかよ。それもういいよ。とにかくやるんだよ。勉強するの！　やるしかないんだよ」

正確なやりとりは覚えていないが、こんなようなやりとりで一喝されたように思う。先生の

この叱咤激励で、優柔不断な私は踏ん切りが付き、教員採用試験に挑む決断が出来たのだった。また、

「あなた、向いていると思いますよ」

との先生の根拠のない発言も、当時の私には後押しとなった。

地元の県には当時、まだ特別支援学校の採用枠がなかった。先生は小学校免許を取り、小学校で受験することを勧めてくれた。私も中学、高校の教師より小学校の方が自分には向いていそうだったし、何より採用枠が広かった。私は急いで通信教育が受けられる大学に入り、まず、小学校免許取得を目指して仕事の傍ら勉強を始めた。

仕事を持ちながらの免許取得は、私のように要領の悪い器用でない人間には、簡単ではなかった。しかし、とにかく小学校免許を取ろうとひたすら時間を見つけて、つたないレポートを書いた。救いだったのは、私は文章を書くのはさほど嫌いではなかったことだった。困ったのは職場に内緒にしてあったので、「スクーリング」というある程度の期間大学に通わなくてはいけない単位取得の時と、極め付けはほぼ一ヶ月の教育実習期間の休みをどうとるかだった。

最初はまずスクーリングだった。スクーリングは一週間程度だったと思う。これについてはもう良く覚えていないが、なんだかんだと言い訳をつけてちゃっかり休んで達成できた。しかし、問題は次の段階の教育実習期間。さすがに病気でもないのに四週間、ほぼ一ヶ月の休みは……普通の会社ならクビであろう。クビになって免許を取得したとしても、難関である教員

採用試験を突破できるとは限らない。そしたらプー太郎だ（当時はそんな言葉はなかったが）。講師の口で働く方法があることを当時若かった私は何故かあまり考えていなかったから、なおさら悩んだ。

しかし、初志貫徹の想いで、クビを覚悟で自分の志す教職へのチャレンジを打ち明け、園長に休みを掛け合った。……結果、園長は休みを許可してくれたのだ。ただ、話の最後に謎めいた一言を残された。

「だけど、分かってるね……」だった（？？？）。

園長は覚えているか分からないが、この言葉は他の職員との関係に、しばらく私を悩ませることになった。私が勝手に悩んだのかも知れないが……。

先にも述べたが、当時、私の就職した新設のこの福祉施設は、駆け出しの経営者と福祉の理想に燃える職員との間で、運営方針を巡って対立関係となっていたのだ。職員は労働組合を結成して運営について交渉に当たっていた。園長と職員とは当時、微妙な関係であった。職員も労働環境を主張するなら隙を見せない……的な雰囲気があったと思う。職員で一致団結……が常識だったと思う。それはそれ、これはこれと、割り切れるようなタイプなら良いのだが、私はどうもそういうタイプではなかった。色々なことに妙に……何というか、恩義と言うのか……そんなものを感じてしまい割り切れない感情に縛られるところがあった。

労働環境云々と要求しているのに、自分の都合で病気でもないのに「休みを一ヶ月下さい」

と言って良いものか、しかも普通ならクビなのに休みを許可してくれたのだ。経営者としては、こうして配慮するからには……という意図での「分かってるね」なのか？……と当時大学を出たてで若かった私は悩んでしまっていた。しばらく気もそぞろで他の職員とも接していた期間があった。しかし結局、親しい職員にその悩みを打ち明け、

「そんなの良いんだよ」

と言ってもらえたことで救われたのだった。今となっては懐かしい思い出だ。当時の職員たちとは未だにつきあいのある良い関係だ。ある意味人生の激動の一つを共に過ごしたせいだろうか。歳を重ねた今から思えば、当時は駆け出しの経営者であった園長さんにも、職や私財を投げ打っての福祉施設経営にはそれなりの覚悟と熱い想いがあったはず。そして、当時まだまだ社会的認知も低い茨の道だった福祉職員を志した私たち職員にも、理想を追い求める熱い想いがあったはずなのだ。お互いが切磋琢磨した現れだったのだと感じている。現在、その法人はいろいろあるだろうが、しっかりとした社会福祉法人として地域に貢献する存在となり、そのときの職員の中には、そこで培った経験を元に福祉施設を立ち上げている人々もいる。私はと言えば、あのとき休みを貰えていなければ、小学校免許は取得できていなかった。または職を失っていてどうなっていたか分からない。時が過ぎた今は全て懐かしい。

話は逸れたが、そんなこんなを乗り越え、小学校免許は大学卒業後、働きながら何とか二年弱で取得でき、福祉施設職員としてもクビが繋がり、働きながらの採用試験に挑むこととなっ

たのだ。フリーターでなく、職もあり、身分も一応成立している……という環境は、安心でもあるのだが、大変流されやすい環境でもあったのだ。大学を卒業して働き始め二年、三年が過ぎていて、そろそろ結婚する友人も増えてきた。二十五歳ぐらいだったので結婚期としてはちょうど良いぐらいだった。女性としては結婚話も多く世話される時期だった。私の両親も教員採用試験に挑んでいる私を応援しつつも、採用されるとは限らないので結婚して欲しい方だったと思う。

優秀ではない私は小学校免許を取得してから採用試験に挑み、一回落ち、二回落ち、二十六歳になっていた。別に教師にならなくても良いかな……。この職で、結婚するのも良いのかも知れない……。そして父も一度目の脳梗塞を起こして倒れ、リハビリの結果、その時は一応回復はしたが、母が介護し、心配な状況だった。母もその頃、体調を崩し始めていた。当時、肝臓癌の疑いだったが、後で分かったことだが、母のこの病状は、若い頃不妊手術をした際にした輸血が元でのC型肝炎の発症だった。C型肝炎は今ではよく知られているが、当時はあまりよく分かっていなかったと思う。入院する母に付き添いながら採用試験の勉強をしていたこともあった。そして落ちた時も、母の入院先のベッドで母の布団に顔を押しつけ泣いていたこともあった。冬の夜、それでも何とかしなければ……と心配ですっきり休むことができず、こたつで勉強しそのまま寝てしまう、だらだらとも言える私の生活ぶりに、ある夜、しびれを切らした父は、

「意味ない。もう止めたらいい」

と言ったこともあった。行く末を私も不安だったが、両親もさぞかし不安であったと思う。心配がこうした乱暴な言葉で出てしまったのだろう。

もう、止めようかな……。漠然とそう想い始めていた。大学の恩師には、諦めましたと言えば良いし……と思った。覚えていないが、もしかしたら「もう諦めました」とかいう手紙を出していたかも知れない。よく覚えていないが……。何だか気持ちがもう駄目になっていた。

そんな時、気分転換に、または採用試験を止めることの言い訳をしにか（？）、小学校からのつきあいの親友とも言える友人に会いに行った。彼女は教師になっていた。

彼女とは何かが引き合い、お互い結婚し五十半ばを過ぎた今でも変わらず交流が続いている（彼女は教師になって間もなく、お寺に嫁ぎ、教師を辞め、今では表千家の茶道師範となっており、私の茶道の師匠となっている）。彼女を私の親友と勝手に呼ばせてもらうのは何だか申し訳ないような人だと思っている。私とは大違いで、彼女は幼い頃から毅然とした、大変優秀な人だった。小学校の入学式で彼女とは出会ったが、その光景を今でも覚えている。田舎の小学校だったため、近所の友だちや地元の保育園の友だちが入学者の大半を占めており、皆、ほぼ顔見知りの中に、一人、このあたりの田舎ではあまり見かけない、ダンディなお父様に連れられ、彼女は現れた。つやつやした髪のストレートヘアのボブカットで、サラサラと髪を揺らし、色白で美しい顔立ちと、にこにこした笑顔、その立ち振る舞いが輝いて見えた。同い歳であるはずだが、自分とはかけ離れた美しさが感じられ衝撃的だったのを覚えている。

「あの子、誰？」

同じ保育園の年長組の皆はそう思っていたにちがいない。幼いながら私は、明らかにこれまで一緒にいた友だちとは違う雰囲気の人であることを感じた。お父様の仕事の関係で、こちらに来たことは学年が進んでから知った。そしてお父様の仕事の関係で小学校六学年の時、転校してしまうのだが、私は彼女の人柄と生き方に惹かれ、時々連絡を取り合いながら、交流が続いている。私より常に数歩も先を行く彼女は憧れだった。そして私の生き方に刺激を与えてくれる存在の中の一人だった。

国立大学の教育学部を卒業し、ストレートで教員採用試験に合格し、すでに現役教師として木曽に赴任していた彼女のところへ泊まりに行った。週末の夕方だったか、彼女のアパートにお邪魔した。

「ごめんね。りこ（私のあだ名）だからいいやと思って、掃除今からだよ。一緒にお願いね」と笑いながら部屋を片付け始めた。日頃の忙しさをうかがい知ることができた。教師になった今なら分かるが、常にやることがあり、休日とは言え大変忙しい教師生活の中にお邪魔し、申し訳なかったと思う。しかも当時の私の気分はネガティブ思考満載だった。彼女に採用試験を諦める言い訳を何とかかんとか見つけて言っていたと思う。黙ってしばらく聞いていてくれていた。

それに対し、彼女は肯定も否定もしなかったと思う。励ましもしなかったと思う。そのうちに自分の事を話してくれた。これはいつものことで、歳を重ねた今でもそうだが、感情豊かで語彙の豊富な彼女はいつも沢山の事を私に語ってくれるのだ。大抵彼女に会うと私はほぼ聞き役となる。しかし、彼女との関係では、私はいつもそれが心地良いのだ。大学時代にあった事、家庭であった事、いくら連絡を取り合っていたとは言え、離れて生活しているので知らなかった事が沢山あった。彼女の大変だった時期を私は知らなかった。自分の体調の事、ご両親の病の事、どう切り抜けてきたか、どう思って生活してきたか、等を淡々と語り始めた。その語りは、私に別に説教するでもなく、自慢でもなく、あったことを淡々と語っているだけだったように思う。詳しい内容は今となっては覚えていないのだが、とにかく私はその時、なんとも言えない感動と、

「彼女の苦労に比べたら、いったい自分は何をしてきたのか。どれだけ努力できていたのか？」

という感情が残ったのを覚えている。彼女と別れ、家に帰った後、明らかに私の気持ちに変化が現れた。エネルギーが戻るのを感じた。

「もう一度やってみよう。期限を決めてやってみよう。それで駄目なら方向転換すれば良いのだ」

そう思えたのだ。気持ち一つで……とよく言われるが、本当にこの時、不思議なくらい自分の中にエネルギーが湧くのを感じたのだ。それからの私は、だらだらを止め、仕事の傍ら、

何時、何をするか、どこまで覚えるか、などを具体的に決め、まさに意欲的に取り組み始めた。夜勤入り、明けは寝ない。図書館に行く。覚えるべき事を車の運転中に録音し車中で聞く。カードにし、仕事中の休み時間に見てみる、など時間を無駄にしないようにしてみた。本当は学生時代にこれだけの努力をしていれば、就職してからこんなに苦労しなくても……とも今思うが、やはり人間は自覚してからでないと生まれ変われない。そしてそれはいつでも、いくつになってからでも良いのだ。そこから始めれば良いのだ。そう思うことにした。そしてその気持ちは今でも変わらないようだ。

そんな気持ちで取り組み直し、三回目の長野県小学校教員採用試験に挑んだ。その時、今は亡き実母が私を見ていて走り書きした文なのか歌なのか俳句なのか、切れ端のメモが母の死後、荷物を整理している時、母の財布に大事そうにしまってあるのを発見した。母は文章や歌を書くことが好きな人だった。ラジオやテレビを見ていてメモしておきたいと思ったことや、何かをしながら思い浮かんだその時々の気持ちを文章や歌にしてメモする癖があったようで、あちこちからメモが出てきた。このメモは短歌のようにも見える。完成していないメモのようにも見える。書き直しを進めている最中にも思える。後で完成させようと思っていて途中だったかのような……。言葉の使い方に迷いが見られるメモだった。

《理恵子を思う

向かえる度の　猛暑期に　試練と挑む　若き微おつ

猛暑に　迎える度の　試練とも　三度に挑む　若き微おつ　Ｈ２夏　記　母》

厳しい母だったと思う。どちらかというと口うるさい母だった。思春期には強く反発を覚えていたこともあった。自分も子を持つ今なら、その行動はよく理解出来るが、子を思うが故の心配が口うるさくなっていたのだ。しかし、こんな風に想い、応援していてくれた母を失ってから、改めて愛を感じ、人は一人だが、一人ではない。いい知れない熱い想いが込み上げてくるのだった。

そんなこんなで、この年、三回目の採用試験でようやく合格したのだった。

信じれば治る？

伊織は出産後、様々な治療や検査、状態観察のため一ヶ月ほど入院をしていた。私は毎日母乳を運んだ。病室のガラス越しに伊織を覗いて面会した。状態が落ち着いてくると、衛生処理をしてから病室に入れてもらえ、保育器の隙間から手を入れ、赤ちゃんの体に触れさせてもらえることもできた。また、隣の部屋へ看護師さんが連れて来てくれ、時間を決めて時々抱っこすることもできるようになった。その時間を楽しみに病院へ通った。そういう風に通っていると、何らかの原因で同じように退院できずにいるお母さんと顔見知りになることがある。どちらかというと人見知りする私は、自分からは積極的に行く方ではないが、話しかけてくれた人と話すことはある。

こうして病院に通っていた時、優しい笑顔で、優しい言葉を掛けてくれる、とても感じの良い女性に会った。歳は……分からないが、自分より少し上のようだ。落ち着いた振る舞いからそう見えたのかも知れないが、ご自分でも少し高齢出産だった……と言っていたようにも記憶している。その女性のお子さんは早産で大変小さく産まれたため、長く保育器に入り入院が必要だったらしい。アトピー性皮膚炎も酷かった様子だ。ご主人と二人で来ていることも多かった。とても優しく感じの良い人で話しやすかった。お互い、子どもの心配なことも話し合うようになっていった。私も伊織には後遺症が残るらしいこと、つまりハンディキャップを抱えた子になることを医師から伝えられたと打ちあけた。優しいその女性は気の毒そうに親身に聞いてくれ、

「でも、子どもの育ちは分からないものですよ」

と励ましてくれた。そして次の機会だったか、保育器が並ぶ病室で、ご夫婦でご自分の小さなお子さんのいる保育器の丸い窓から手を入れ、赤ちゃんに二人で手をかざしているところに出くわしたことがあった。その女性は私を見つけると、あの優しい笑顔で、

「あら、こんにちは」

と明るく挨拶してくれた。私も挨拶を返して伊織のところに行った。保育器に手を入れ、ハンディを負った右半身をさするように触れていた。なるべく早くから刺激を与えてあげたいと思ったからだ。するとその女性が近づいてきて、

「この間のお話。伊織くん、左脳に出血されたのでしたっけ？　可哀想に……」

と話しかけてくれた。

「ええ、だから右半身が麻痺しているらしいんです。あんまり動かないんです……」

と私が答えると、

「ちょっとごめんなさい。もし良ければ伊織くんに、少しここに手を入れさせてもらって良いかしら」

と言った。私はどう答えたら良いのか戸惑いながら、

「え？　ああ、はい。どうぞ」

とか何とか言ったかも知れない。

女性は「しつれいします」と言うと、保育器に手を入れ、伊織の頭にしばらく手をかざした。

「こうすると、良いんですよ。掌って力があるんですよ」

そう言うと、暫くして伊織の右手や右足にも手を移してかざしてくれた。

「人ってお腹が痛いとき、自然と手をお腹に当てるでしょう？」

とも言った。そう言えばそうであった。手を当てるとお腹の痛いのが少し和らぐ感じがするのは確かである。「手当」と言う言葉はここからきている……と、いつかどこかで聞いたことがある。

「良かったらこの後、少しお話ししませんか？」

とその女性とご主人は優しい笑顔でそう言った。その後、私たちは病院の廊下にあるベンチに座り、私は暫く話を聴いた。

伊織に起きた出産時の災難を一緒に悲しみ、でも自分たちの子も早産で体重が九百グラム台で生まれていて、今後、どう育つか分からないこと。だから、悲しんでいないで頑張りましょうね、と励ましてくれた。そして、医療で見放された症状の人が病状を改善した例をいくつか話し始めた。脳腫瘍、様々な癌、精神疾患などいろんな病気が改善されたり、治ったりした例

だった。どんな方法で改善されたか？……それは信じて手をかざすことだった。お二人は、どうもそうした宗教団体に属していて、日々、悲しみを抱えた人たちに紹介し、手をさしのべて助け合う活動をしているらしい人たちだった。新興宗教であるらしかったが、様々な面からの影響を考え、宗教名はあえて差し控えたい。

そうして話している間も、出産後の嵐のような出来事の中にいる私の体調を気遣い、

「少しでも貴女のお体が楽になりますように……ちょっと失礼しますね」

と座っている私の背中あたりに手を回し、体に触れずに手をかざしながら話をしてくれた。

「どうですか？　じんわり暖かくなってきませんか？」

そう言われれば、そんな気もしたのである。出産以来、あの子に広範囲の脳出血、後遺症が残るということ、事実、すでに右半身が動いていないこと……そんな現実を目の前に、精神的に自分をどう保ってよいのか疲れてもいた。背中からその方の掌から感じるじんわりとした暖かみ、思いやりある言葉の暖かみに心地よさを感じた。何よりも、医療からも見放されている症状が『治る』のフレーズが私の頭の中を駆け巡った。

「一緒にやってみませんか？」

という誘いに、この日は少し考えさせて欲しいという旨を伝え、電話番号を交換して別れた。

帰宅後（当時、里帰り出産をしており、私は実家に戻っていた）も、私の頭の中は『治る、改善する』のフレーズでいっぱいだった。もちろん、そんな事があるものか？　という冷静な

面もあるにはあった。本来、私はそういうものをあまり信じない方の人間だとは思う。実家では、母や父が今日の孫の様子を聴きたがった。不治の病にかかっており、あまり無理もできない母だが、この頃はまだ動け、出産後の私の体を気遣い、食事を用意して待っていてくれる。あれも食べな、これも食べな。食べなきゃ元気がでない、と口うるさいくらいに気遣ってくれる。この頃はしかし、初孫に後遺症が残ること、障がいを抱える子になることをきちんと話しておらず、話せずにいたので、両親に申し訳なく、自分も心から笑えず、必要最低限の事のみ話し、部屋に引きこもってしまう生活だった。こんな様子だったから、両親もはっきり何がおこっているのか分からないまでも、きっと生まれた孫が一緒に家に戻ってこないことに何かしらあったとは感じてはいたのだろうと思う。

この日も病院へ持って行った母乳を元気に飲んでいた事や、保育器の中に手を入れ少し触れた事などを話してからすぐに部屋に閉じこもった。そして、私の頭の中はあの『信じて手を当てて治療（?）すれば治る。改善する』という話でいっぱいになっていた。

わらをもつかむ心境だった。何かをしなければ……。それもできるだけ早く、あの子に刺激を与えてあげなければ……。治るのであれば、少しでも改善できるのであれば、できることは全てやってあげなければ。

なりふり構っていられない……。そう思い始めていた。

それから、その方は時々電話をくれたり、病院で会ったりして、私や生まれたばかりの息子への気遣いの言葉をくれた。実に大変親切な方なのだった。当時、携帯電話などはまだ普及しておらず、時々、実家の私宛に電話がくることで、母にも誰？　と聞かれるので、母には「病院で会ったとても親切な人」と答えていた。

そうこうしているうちに、また電話が入り、その団体の「道場」というところがあるので、一度行ってみないか……という誘いが来た。電話で話している私の様子から、どこかへ出かけるらしい事は母にも分かったらしい。出産後間もなかったあの当時は、病院から妊婦への指導で産後しばらくは車の運転を避けるよう指導されていたと記憶している。だから、母乳を病院に運ぶのもタクシーを利用するなど、しばらく大変だった。その「道場」と言うところに行くにも、そんな事情から、家の近くまでお迎えに来てくれる……ということになった。そうした娘の行動を見て、母は産後間もない体で、いったい何処へ何をしに行こうとしているのか、心配していたであろう。しかし、母には特に何も話さずにいた。

約束した日の朝、考え事をしながら無言で朝食をとっている私に、いきなり母はきっぱりとした口調でこう言った。

「あんたね、しっかりしなさいよ。世間には人の心が弱っている時に入り込もうとしてくる輩がいるもんなんだよ」

「えっ?!」

びっくりした。私は無言だった。返す言葉がなかった。

とにかく、約束をしていたので出かけたのだった。その方と、その道場……という場所に着き、中に入った。なかなか立派な建物だったと記憶している。中に入り、作法などがあったと思うが細かなことはあまり覚えていない。しかし、覚えているのは私の中になんとも言えない「違和感」を感じたことだった。「信じて手をかざしていればよくなりますよ」。来ている信者の人たちからのこうした話、お布施と言われる『金額は決まってはいない、その人の気持ちだけの金額』、その道場全体が醸し出す雰囲気……。私の中で、何かが引いていくのが分かった。何かが冷めていった。冷静になっていった……とも言えるか？　私の中の判断基準が「これは違うかも……」と感じてしまったのだ。

呉々も誤解のないようにしたいのだが、こうした宗教が良くなかったと言うことではなく、私という人間には、どうも合わなかっただけである。中にはそういうものを信ずることで、それが救いとなっていく場合も否定しない。それはそれで良い事だと思う。しかし、私にはどうもしっくりこなかった。残念な人間かもしれない。悩み苦しみながら別の方法で歩む方が良い……と自分の中の判断基準の感性がそうさせたようだった。

紹介してくれた親切で優しいそのご夫婦には、丁重にその旨お伝えしてお断りした。それに対し、どうも納得いかない様子でしばらく連絡がきたり、別の方からのアプローチも受けたりしたが、私の気持ちは変わらなかった。中には素直に信じその方法を受け入れ、そちらの方向に進んでいれば、もっと早く救われたのに……と思う人もいるだろう。しかし、今でも間違ったとは思わない。出がけの母のキッパリとした一言がどう影響したのかは分からない。その後、不思議なことに、どう情報を得てくるのか、幾つかの違う宗教団体から「信じて修行すれば救われますよ」的な誘いを受けた。より良い人生を送るための修行はもちろんあると思う。しかし、この時のこの方法の修行は私には合わなかったようだ。

リハビリの日々の中で

出産と同時に保育器に入り、たくさんの管に繋がれ、処置を受けていた息子は約一ヶ月の入院期間を経て退院し、ようやく私の手元に来た。それまで、人に会いたくなく、実家の部屋にこもりがちだった私は伊織が手元に来ると、不思議なくらい元気になっていった。伊織は話しかけると私を見てよく笑ってくれたのだ。母乳だけでは足りないくらいよく飲み、よく泣いた。伊織の一つ一つの行動や世話で大騒ぎ。実家は一気に明るくなった（おくるみにくるまった、よく笑う、こんな伊織の様子を見ていると、両親は他の赤ちゃんとなんら変わりなく、〝やっぱり普通の健常児〟としてとらえている様子だった。両家の両親への説明、周りの人々への説明……。この問題はもう少し後回しにしようと思った）。

退院と同時に左脳損傷のためにおきた右半身麻痺のためのリハビリと同じく、左脳損傷のためにおきたてんかん発作の治療を開始した。宗教色の強いアプローチはどうも自分の感覚には合わないと感じたので、とにかく、出産した総合病院の小児科とリハビリ科にかかり、訓練と検診を開始した。理学療法、作業療法、言語療法などできることから始めた。私は当時、育児休暇中。教師の育児休暇は今は三年間有るが、当時は一年間。仕事に復帰するかどうか、まだこの時ははっきりと決めていなかったが、とにかく一緒にいられる一年の間にできることはしておきたかった。リハビリはこの一年間で終わるわけではなく、ずっと続くことは分かっていたが……。

様々な刺激を与えることを考えた。色々な情報を集めて、良いと言われるものは全てやってみようと思った。リハビリ訓練関係の本もいろいろ読みかじった。脳性麻痺児の療育、脳性麻痺児の水泳療法、ボイター法、ボバーズ法、ドーマン法、静的弛緩誘導法、等々。訓練方法にもいろいろあった。中でもドーマン法はこれまた、きっちりやったら障がいは治るのではないか……と思われるような記述で魅力的だった。しかし、このプログラムを全部やるには主人も私も仕事を辞めなければできないだろうと思われた。

とりあえず家族生活を基本として生活に取り入れられるものを取り入れることにした。二週に一回の通院の他に家でできること、普段の姿勢、視界の刺激、麻痺側へのマッサージ、また脳性麻痺児の水泳療法を読みかじり、自分でプールへ連れて行ったり、遊び方の工夫をしたり等、夢中で取り組んだ。定期検診を重ねると、脳損傷の影響が体の様々なところに現れていて、新しく知る現実とも向かい合わなければならないこともあった。どんなことをして回復させてやったら良いか、焦る自分がいた。母子集中訓練ができる県内のセンターが少し遠いがあることを知り、そこにも紹介状を書いてもらい、一ヶ月程度、母子共に自宅を離れて入所し集中訓練を受けた。育児休暇中に二回ほど入っただろうか。

そうこうしているうちに育児休暇の一年間はあっという間に過ぎ、悩んだすえに私は教職への職場復帰を決めた。子どもがこうなった以上育児に専念すべき等、いろいろな考え方があるだろうが、私は大きく人生を変えることなく、生活スタイルも変えることなく、自分も社会と接点を持ち、自分の体験を社会に返せることは返しながら、自然体で子どもと向かい合っていくことを私の中の感覚が選択させていた。

復帰後も何とか時間をやりくりし、月一回ほどのセンターのリハビリ訓練、地元病院でのリハビリ訓練も週をずらして続け、他に小児科の定期受診も。受診はてんかん発作を起こす伊織にはもっとも大事だった。薬の調整をしないと発作が起こる。発作が起こると脳細胞がダメージを受けるのだ。復帰して、やってみるとなかなか大変なことだった。時間は決まっている。できることしかできないのだ。おむつ交換時にはこの訓練、食事をするときにはこれ、とできるだけ時間を生み出したつもりであった。特にこの子には普通以上に刺激を与えてやらなければならない。と強く思っていた私は、親として手をぬいているのではないか？　という思いが常につきまとった。無我夢中の日々だった。伊織が二歳近くになったとき、第二子がお腹に授かった。

伊織はまだ歩けなかった。つかまり立ちからなかなか次の一歩が出せないでいた。大阪に良い病院が有り、母子訓練も受けられると聞いた。母子集中訓練を受けたセンターで用いられている訓練方法のボバーズ法と同じ訓練方法を用いており、子どもの意志を尊重し楽しみながら無理なく取り組めるので、伊織に一番合っている訓練方法のように感じられた。この訓練の大元となる病院がその大阪の病院だった。伊織のリハビリに夢中になっていた私は、より良い訓練を受けさせたくて二人目の出産に合わせて母子訓練を受けようと考え、申し込みも兼ねて出かけることにした。

主治医は反対はしなかったが、リハビリやその他の事で走り回って少し熱くなっている私に、普通の子どもを育てるように、普通の体験をさせて普通に育てていくこと、プラスアルファで良いことをいつも勧めた。主治医は訓練スタッフとはまた違い、リハビリ訓練を積極的に勧めるわけではなかった。病院巡りに夢中になっていた当時の私はその意味をあまり理解してはいなかった。主人は私の気の済むようにつき合ってくれ、旅行がてらというつもりで大阪まで連れて行ってくれた。受診をして訓練予約をしたのだが、この時、お腹に第二子を授かっており、この病院では母が妊娠中の場合、母子訓練は受けられない……という規定があるとのことで、大阪での母子訓練はできずに終わった。県内の訓練施設は受け入れてくれたので、結局県内で受けることにした。こうした家から離れての集中訓練は四、五回したように思う。

こうしたリハビリの効果がどう出たか……それは分からない。あの子が二歳九ヶ月のころだったと思う。病院で私が支払いをしている間、いつものように椅子に座らせておいた。すると後ろで、

「ちゃあちゃん（おかあさん）」

とあの子の呼ぶ声がした。振り返ると、あの子が笑いながら立ち上がっていた。次の瞬間、息

を飲んだ。自分で足を踏み出した。私のところに向かって。一歩、二歩、三歩。そこで転倒。私は駆け寄って抱きしめた。

「歩けたね。いおくん、やったね」

伊織は嬉しそうに興奮して、

「はっ、はっ」

と言いながら動く方の左手をパタパタと振った。あの子の嬉しいときの仕草だ。しっかりした自立歩行はもっと後だったが、これがきっかけとなり、この後、自分から足を出そうとするようになった。忘れられない場面だった。

息子が二歳半になったとき、私は二人目の子を出産した。女の子だった。伊織に妹ができた。出産のため、入院中は暫く離れて過ごしていた。伊織は義母と主人に預け、私は退院して産後、一週間ほどは実家で過ごすことにした。出産、退院後、義母や主人が伊織を連れて実家を訪れた。伊織と娘（智織と名付けた）の初対面となる日だった。玄関を入ると、二階の部屋にいる私をめがけて伊織は、

「ちゃあちゃん、ちゃあちゃん。ちゃあちゃーん」

と叫びながら、階段の手すりにつかまり這うように上ってきた（この頃になると、いざっての移動がかなり早くできるようになっていた）。私に抱きしめてもらうために、にこにこして部屋に飛び込んで来た伊織は、私が赤ちゃんを抱いているのを見た。とたんに笑顔が消え、顔が

こわばった。かなりびっくりした様子だった。伊織とすれば、私がどうして他の赤ちゃんを抱っこしているのだろう？　抱っこされているのは何なんだ？　という感じだったのだろう。一瞬息を飲んで笑顔が消えた後、伊織はくるりと私と智織に背を向け、一目散にいざりながら、下の階に去って行った。逃げて行った……というのがふさわしいか。

しかし、妹の誕生は伊織にも、私にも、家族みんなに大変な幸福をもたらしたのだ。

月日は流れ、不治の病（若い頃に不妊手術の際、輸血したことからC型肝炎に感染して発病し、闘病生活を送っていた）だった実母は、

「せめて伊織の小学校入学を見たいな」

と言っていたが、入学を控えた年の新年一月、容体が急変し逝ってしまった。実母の死は私にとって、精神的にも実生活の上でもかなりのダメージがあった。私の母は優しいお母さん……と言うよりは、私や兄にはどちらかというと躾に口うるさく、大変厳しい女性だった。学習意欲がありよく学ぶ人で、社会活動にも参加する人だった。人との繋がりもある程度広い人だったらしく、その存在感は亡くなった後もじわじわとくる感じだった。それでも、悲しみに浸ってばかりはいられない。自分にも守らなければならない家族ができ、無我夢中の日々は相変わらず続く。が、それで良い。命のバトンを受け取り、そういう生き方で良い……そう実母も思ってくれているものと信じて、慌ただしい毎日を送った。

月日の流れる中で、伊織のリハビリ訓練に明け暮れていた乳児期、幼年期、そして小学校中学年の終わりになった頃か、少し想いが変わってきた自分に気付いた。何時だったか？　そうだ、ドーマン法の本を読みかじり主人に話した時だったか？　あまりの訓練スケジュールの事もあったためか、主人が、

「このままで俺は良いと思う。おまえは伊織を健常児にしたいの？」

とかいう内容の事を言われたことがあった。

「そういうことではないけど……」

と、その時はやらなければならないと感じることがいっぱいで、その言葉は受け流していた。

あの子にとって、様々な事が今までより少しでも変わったり、できなかったことがほんの少しでもできるようになること、そのわずかな変化が大事だと思ったし嬉しかった。しかし、大きくなってくると、同級生の子どもたちとは、はっきりと違いが分かるようになってきた。すごい速度で成長する健常児の子どもたち。悲しいくらい差が出てくる。知的理解、運動面、行動面……どうしても、それはそうなのだ。仕方ないことなのだ。いつの頃（小学校の中学年？）からか、

〈訓練をして、私はあの子を治したいの？〉

〈ハンディのない健常児にしたいの？〉

〈ハンディのある伊織じゃ、嫌なの？〉

〈まさかそうではないはず……。私は今のあの子が大好き〉

〈障がいは個性だと、自分の関わる仕事でも考えていたはずなのに、何を私は目指しているんだろう？〉

というような自問自答をするようになった。それは、あの子が話せるようになってきた頃、自分の右手を左手でいじりながら、たどたどしく、

「いおくんのこっちの手、どうして動かないの？」

と聞かれたことがあったからかも知れない。

「いおくんはね、ママのお腹から生まれる時に怪我しちゃったの。でもママ、いおくんの右の手、大好きだからね」

と答えたと思う。


そうなんだ。自分の障がいを恨めしく思わせちゃいけないんだ。自分の個性を愛せるように育てなければいけなかった……。私はどうだったろう……？　そんな風に思い始めた。

生活に無理のある特別なことをしなくても良い。普通に生活し、みんなと同じ体験をさせ、人と接して、人の中で生きて行く喜びみたいなものを教えてあげれば良いのではないか。同じ体験が難しければ、参加ができるようにどうしたら良いか周りにも協力を得られるよう親は動いてあげれば良いのではないか、と思うようになった。そのことで、私の気持ちもある意味で楽になった。

主人は、最初から分かっていたのかいないのか定かではない。しかし、いつも大きく構えてくれている主人に感謝している。

歩行訓練散歩中に疲れて座り込む伊織

母子訓練中の頃

私の息子は……周囲への理解にむけて

出産後、私が気がかりだったのは、息子の出産で起こったこと。そして後遺症が残り、それはハンディキャップ、つまり障がい児者になるということを、両家の両親に何時話すか、どう話すか、ということだった。出産の時に何かあったらしいことは、母親だけ帰ってきて、子どもは入院していることで何となく分かってはいたようだ。だが、生まれた時に羊水を飲んだり一時的に入院する赤ちゃんはたくさんおり、両親もそんなところだろうと、そのうちに元気になって退院するだろう……くらいに思っていたと思う。障がいを負うなどとは考えてもいなかったと思われる。私はそれが気がかりだった。

やがて普通の健常児と同じように大きくなっていけると思っていることに申し訳なく思っていた。毎日接するにも、何か隠し事をしているようで嫌だった。何より、あの子を育てていくときに、身近にいるものたちは事情が分かっていて、同じ方向を向いて気負いなく育てて行かれたら幸せだと思った。頻繁に病院にかからなければならない事情もやはり、しっかり知っておいてもらう必要があった。

それからまだ気がかりだったのは、親戚、近所だった。おのずと接する機会があり、やはり気兼ねなく接するには理解をしておいて欲しいものである。障がい者について理解が進んでいない時代、その子を隠すように育てなければならなかった時代もあっただろう。私は隠すなんて嫌だし、隠す必要もないと思っていた。堂々と育てたい。そう思っていた。昔のそういう時代ではないが、無理解からくる偏見や好奇な目はあるであろう。いずれ陰で噂されるなら、きちんと堂々と説明しておきたい。

まずは一番の近親者である祖父母である。まず、私は両家の両親に宛てて手紙を書いたような記憶がある。口で説明すると感極まってうまく説明できそうもないと思ったので……。手紙で、両親のショックな気持ちにワンクッションおき、両家で集まって食事をする機会に補足説明と『なので、息子をよろしくお願いします』的な説明をして理解を求めたように記憶している。

次によくつきあう親戚だった。心配もしてくれる人たちだ。照れくさいのでやはり手紙で説明した。説明しておくと、次に会うとき、とても気を楽に会うことができた。

そして最大の気がかりは、ご近所だった。地域で育てて行くこと、気兼ねなく生活していくことを考えると、隠したくはないし、理解をしておいて欲しかった。田舎には『郭』というつきあいの組織があり、何かと接する機会がある。せめてこの人たちには知っておいてもらうと気兼ねなく連れ出すこともできると思った。すでに生まれて息子が退院し家に戻ると、すぐにご近所の同じ班の人たちが出産のお祝いに子どもの顔を見に来る機会があった。この時はまだ、私は気持ちの整理がついておらず、あまり人に会いたくない時だった。とても複雑な気持ちで

対応したことを覚えている。何気ないご近所の方の、

「お父さん、お母さんも学校の先生だから、この息子も先生になるかいな」

というお祝いとしての言葉が、その頃の私にはきつかった。

田舎には、出産のお祝いに御七夜という事で七日目ではないが、日をこちらで設定し、お祝いにご招待する集まりを企画する。私は主人に、この機会を利用し、来て下さる方々に伊織の事を説明しておきたいと相談した。主人も承諾してくれた。そして主人に、そのお祝いの席の挨拶で息子に起こったことや後遺症のこと、今後でるであろう障がいのことを加えてもらったのだ。どこまで理解してもらえたかは分からないが、この後、質問してくる人には補足説明ができ、そうした話題に触れようとせず普通に接してくれる人にはそれもありがたく、さらに、

「だってさあ、大きくなんなきゃ、分かんねえぞ。子どもっつうもんはさ」

と励ましてくれる方もいて大変ありがたかったし、何よりも私の気持ちが楽になった。

どうする？ 職場復帰

転職してまで就いた教職。小学校免許は大学を出た後、福祉施設職員をしながら、時間を生み出し勉強し、職場とはスクーリングや実習期間を擦った揉んだして何とか取得したのだ。教員採用試験突破も私には簡単ではなかった。出産のアクシデントがなければ、私は当然仕事を続けることに迷いはなかった。私は仕事を経済的基盤のためだけに目的をおいていなかったから。自分は一生としての仕事（教職、特に特別支援教育分野）を持ち生きて行きたいと若い頃に願い、実現してきたつもりだった。しかし、後遺症が残り障がいを抱えることになったとき、私は仕事復帰に初めて迷いが生じた。

ハンディを背負った子どものために、仕事を諦めるべきか……。続けたとして時間を生み出せるのか？　今でこそ障がい児向けの事業所が発達して、障がい児の保護者も当然のように共働きしているが、当時はあまりレスパイトも発達していなかったのだ。何よりも、辞めて息子の療育に全力を注ぐべきか……。そこに後悔は生まれないか？　私は悩んだ。夫には一応、結婚するとき、

「私は仕事を続けます」

と宣言しておいたこともあり、私は仕事を続けるものと思っていたと思う。しかしあの時、わ

ずかだが私も悩んでいた。ただ主人はありがたいことに、妻は家庭に入るべき、こういう子が生まれたのだから家庭に入るべき……とかいう了見の狭いことを言う人ではなかった。どっちでも対応してくれる懐の深さがあったのだ（ということにしておこう。笑）。

そもそも、どちらか選ばなければいけないものなのか？　そんなことはないはずだ。バランスではあるが母が生き生きとしていることは子にも家族にも良い影響となるはずだ。私が少し頑張れば、周りに少し理解してもらえれば、これまで積み上げてきたものもある。そして何より、私は特別支援教育（当時は障がい児教育と呼んだ）の教師になりたくて教員採用試験を受けてきた（ちなみに地元の県は、現在は特別支援教員の枠で採用があるが当時はなかった。回り道をしても義務教育一般で入り、そこを経験してから特別支援を希望し、その分野に配属してもらうしかなかった）。合格し現場に出て、結婚し出産したところ、自分の子が障がい児に……。なんという巡り合わせだろうか。ないことはないがあまり多くはないだろう。あのアクシデントが起き事実を知らされた時、こんなことを望んで障がい児教育分野を選択したわけではない！　と、この運命を恨んだこともあった。友人から、

「貴女を選んで生まれてきたんだよ」

という励ましが、辛くて受け入れられるようになるには時間が必要だった。

私が考え方を変え立ち直ったのは何時だったかはっきり分からない。とにかく自問自答しながら、行動を起こしながら、徐々に受け入れていったのだろう。

自分は今まで本当の意味で特別支援教育を学んで来たのか？　保護者の気持ちを本当の意味で理解出来ていたのか？　小手先だけの学びではなかったか？　これは私に、もう一度学び直すべきだということではないか……と考えるようになった。今の自分の状況を受け入れ、バランスをとりながら職場復帰し社会と接点を持つことで、自分が社会に返していけることもあるのではないか……？　私は大して仕事のできる人間ではないが、それでも自分だけではない、悩んでいる子どもたちや保護者の力として返せることもあるのではないか？　そう思うようになった。

そうだ。やっぱり私は職場復帰しよう。そう決めたのだった。実家の方は職場復帰に好意的だが、嫁ぎ先には私の気兼ねもあり、義理の両親宛に手紙を書いて理解を求めた記憶がある。

どうする？ 保育園

職場復帰するとなると、やはり保育園をどうするかだ。共働きの夫婦にとって仕事が続けられるかどうか、最大の問題だ。ここでの保育園問題は長男と長女の時の両方の体験を書いておきたいと思う。

障がいを持った伊織は、地域の中で育てて小さい頃から理解してもらい、地域の小学校に通わせたいと思っていたので、地元地域の保育園を希望していた。しかし、自分の住んでいる地域（当時まだ村だった）には一歳で預けられる保育園はまだなかったのだ。いや、保育園はあったのだが、三歳未満の未満児保育はまだ遅れていた。三歳までは家庭で主婦が見る……という人が多かったのかも知れない。村がそうなので、仕方なく三歳までは働けずにいた母親も多かったであろう。とにかく、地域の保育園は三歳までは駄目らしいことが分かり、遠くても未満児保育をしているところを探さなければならなかった。

たまたまご近所に同業の先輩がおり、良いタイミングでこのあたりの教師が出産後よく利用している無認可の未満児保育園を紹介された。そこは園児も募集していることもあり、見学してすんなりと入ることができた。とりあえず一安心だったが、送り迎えが大変だった。当時私は山間部の小学校に勤務しており、出産を機会に主人の実家のあるこの地域へ引っ越した。保育園は隣の市にあり、全く反対方向だった。職場復帰後、近くの学校への異動までの間、送迎には主人、主人の両親、実家の両親のみんなに協力してもらい大騒ぎで何とか乗り切ってこれた。子育てにはやはり協力者が必要だ。

この未満児保育園で二歳半まで過ごしたとき、二人目が妊娠した。この保育園は未満児保育なので三歳になったら他に行かなければならない。それであればやはり、地元の保育園に入れ、友だちを作りながら地元の小学校へ進級する方向が良いと思った。地元地域の保育園もまだ自立歩行がしっかりできていない息子の障がいのことを理解して入れてくれるだろうか？　入れてもらえたところで、生まれてくる二人目の子は隣の市のこちらの未満児保育園か？　二人離ればなれだと送迎はどうしたら良いのだろう？　できれば同じ保育園が良い。未満児保育園の設置はしてもらえないのだろうか？　需要はあるはず……。

村役場に相談に行ってみた。そこは小さな村だけに、保育園に相談してみたらあるいは……と言うような運びだったと思う。障がいをもっている園児には加配の手配など、様々な事が必要になる。早めに相談しておいた方が良い。相談に行ったところ、伊織の障がい状況や、やはり未満児の受け入れをどうするか、未満児の食べるものをどうするかなども問題になった。村の保育園では未満児向けの給食は作っていないし用意もできないとのこと。未満児だけお弁当を持たせれば何とか……と言う話も出た。

そのうちに二人目の産休に入り暫く様子を見た。出産を終えて一年間の育休が終わり近くになったとき、もう復帰しなければならないので再度問い合わせることで話が動きだしたと思う。なんだかんだと地元保育園に受け入れてもらえることになった。復帰はちょうど年度末で新学期準備期間だった。息子には加配の職員がついてもらえて、また下の子にお弁当を持たせてもらいたいという話もなくなり、二人預かってもらえることになった。なかなか保育園が見つからないでいる人たちからすると何と恵まれていたことか。行動を起こして相談はしてみるものだ。一安心。こうして二人目出産後も職場復帰ができたのだ。

しかし、ドタバタの生活が始まると新たな問題が持ち上がってきた。村の保育園の延長保育時間が短いことだった。他の方々は延長保育の必要はあまりなかったのか、皆五時までにはお迎えができていたらしい。我が家は、それはとうてい無理なので何とか頼み込んで、当時確か五時一五分か五時半だったか、そのぐらいの時間だったと思う。それでも、その時間に間に合うように仕事を切り上げるのは、この仕事ではなかなか難しいものがあった。仕事の要領が悪いのだと自分を責める毎日。しかし、学校というところは限りなくやることがあるのが現実。会議が終わってやっと自分のクラスの仕事に入れる。切り上げてもよいが、次の日の授業準備ができていない。切り上げてもよいが、仕事が残っていく現実。お迎え時間に度々遅れる。お迎えに行くと二人は、すぐ帰れるよう外でスタンバイして待たされていることも。

「すいません」

「いおくん、ちいちゃん。ごめんね」

と繰り返す毎日。次第にストレスが溜まっていく感じ。

伊織には復帰後も時間を見つけて作業療法、理学療法、言語療法の機能回復訓練の他に、良さそうと思うものは民間のものもいろいろ通っていた。その中に隣の佐久市の私立保育園内で、障がいのある子向けの音楽療法があった。その私立保育園は当時先進的なその取り組みについて、各地から見学に来ることもあるようだった。魅力的ではあったが、息子の小学校入学や地元地域で理解してもらいながら育てる必要がある……と考えていたため、あえて地元保育園に入れていた。

ストレスが溜まる中、ある日のお迎えでは、さすがに遅刻の常習犯だったためか、園長じきじきに待っていた。村の公立保育園である園長さんは当時、特に保育のプロというわけではないようで、役場内の人事異動で保育園に配属された感じの男性園長さんだった。そして言われた。

「成澤さんね、お互い仕事あるし、生活あるからね。お願いしますね」

確かに……。自分だって逆の立場だったらそうであろう。長時間保育を取り入れてはもらえないものか……。公立の場合、すぐには変わらないところは想像できた。

ストレスが限界だった。次の音楽療法の時にその私立保育園の園長さんに会う機会があり、話しやすい女性園長さんだったこともあり、今の状況や疲れてしまって……と愚痴をこぼした。するると園長さんが言った。

「成澤さん、よかったらこの保育園にいらっしゃい。長時間保育は七時半までやっていますよ。でも子どもたちのことを考えたら、やっぱり長く預けるのは良くないわね。その辺はお母さんも頑張る必要はあるわね」

と優しく諭すように話して下さった。こんなご縁で、地元の保育園で理解されながら進学したい……と言う思いはあったものの、やむなく子どもたちを私立保育園に転園させることになった。保育園問題では三園目にしてようやく落ち着いた。友人には、

「三つも保育園を替えるエネルギーが良くあるね」

と言われたが、とにかくここで、生活リズムも合い、母の精神状態、子どもたちの保育園生活も落ち着いたのだった。二人の子どもはこの保育園を卒園し、地元の小学校入学へとなった。この私立保育園ではその後、働いている母親たちの応援に病児保育の受け入れをしてくれるようになり、看護師資格のある保育士さんが長い時間ではないが、具合の悪くなった園児をすぐに帰宅させるのではなく母親がお迎えに来る間、看てくれるシステムを作った。私なども熱を出した子どもを仕事の関係ですぐに迎えに行けないとき、利用させてもらったことがあった。

余談だが、当時教員は育児休暇は一年で終わった。ちょうど母親から貰った免疫が切れる頃で病気を貰いやすい頃だ。先輩の先生方がよく言っていたのは、復帰して保育園に預け、すぐに直面するのは子どもが病気を貰って感染し熱を出し、休まなければならなくなる事だと聴いていた。それは私も実感だった（現在教師の育休は三年に改正されたとのこと。素晴らしいこ

とだ。三歳になると大分体がしっかりして体調もしっかりしてくる。このように働きやすい環境になってきたことは実に喜ばしいことだ。訴え続けてくれた先人に感謝だ）。

話を戻すが、とにかくこのシステムに大変助けられたことがあった（しかし、看護師資格を持った方の確保などが難しく、なかなか続けるのは難しかったと聞いている）。園児をとりまく環境のためにと、いろいろな取り組みをしてくれる園長さんだった。大変感謝している。後に私はこの保育園の近くの小学校に赴任したことがあった。来入児関係のことや近くの学校ということで、いろいろ関わることもあり、懐かしく再訪したこともあったが、園長はすでに退いていた。そのうちにご無沙汰するようになったある日、あの園長さんの訃報を聞いた。癌だったと聞く。授業もあり、香典は校長に託し、学校であの頃を懐かしく想い出しながら元園長さんに感謝の気持ちを込めて手を合わせた。

未満児保育園での体験

最初に入ったこの未満児保育園（当時はまだ無認可だった）は、なかなか個性的な逞しい保育をするところで、先生方も熱心だった。保護者協力も多いところだが、それはそれで楽しめば良かった。信念のある、熱心な先生方の対応は、大変ありがたかったし、自分の職業柄、大変勉強になった。私はここで初めて、自分とほぼ同業者（保育士と教師）と対面することになった。そして多くを学ぶことができた。自分も気をつけなければ……と感じた出来事もあった。

この未満児保育園は、熱心なところで、園児の発達相談に、ある病院の発達相談の方をスーパーバイザーとして置いていた。預ける親としては心強いことであった。息子の障がいについても園長先生はじめ担任の保育士さんも実に心を配って下さっていることが分かった。ありがたい事だった。しかし保育士さんの熱心で自分の保育の方針に沿った真っ直ぐな想いは、時として保護者を追い詰めてしまうことがあるということを身をもって体験したことがあった。

息子の療育訓練については、生まれてすぐにリハビリを開始し、我が家としてもある程度の繋がりや訓練の方向もできていた。しかし、この保育園にはスーパーバイザーがいた。このスーパーバイザーの助言を元に先生方は保育方法を熱心に研究されていたことだろう。担任の先生には息子をこの先生に一度診せた方が良いと強く勧められた。受診同行もするとまで言って下さる。担任の先生も熱心に勧めてくださるし、私も別の発達相談の先生の話も聴いてみても良いか？　と思い、大きな市の病院まで出かけた。勿論担任の保育士さんも同行した。

脳性麻痺で運動発達に機能障害のある赤ちゃんに有効だとする、身体の反射を利用した（？）訓練方法を裸にした息子に施した。身体を押さえつけ、肋骨のあたりを強く押した。息子は火が付いたように泣き叫んだ。あまりの恐怖からか、おしっこを漏らす始末。びっくりした。その泣き声を聞いているのが辛かった。

「あらあら」

と、その女性先生は淡々として、でもかまわず訓練を続けた。そのうち身体が慣れてくるという。その発達相談の方は医師ではなかったと思う。そのスーパーバイザーが推奨する訓練方法はボイター法というものだった。聞いたことはあったが見たのは初めてだった。これが効くのだ……という。その先生は私にやり方を教え、朝夕に必ずやるよう伝えてきた。担任の保育士さんは「教えてもらって良かったですね」と満足そうだった。保育園でもやってくれることになった。私も特別支援学校に勤務し担任している子の病院受診や訓練同行をし、学校生活にも取り入れることがある。こうした事は担任としても他の様々な仕事を抱える中で、一手間二手間かかり、それが分かるので熱心な担任に感謝し、申し訳なく感じていた。

「明日から、がんばっていきましょうね」

と明るく言う保育士さんの言葉に、息子のその辛そうな泣き声に疑問を感じながらも……返事をした。

暫く続けてみることにした。しかし……だ。家でやっても、やはり痛いので泣く。慣れるのか？　主人にも、

「こんなに泣かせて大丈夫なのか？」

と言われた。そのうちに息子は、私がその訓練をしようとする気配を感じるとクビを横に振りイヤイヤをして逃げ回るようになってしまった。保育園のお迎え時にそうした話をしても、

「伊織くんのためになることだからがんばりましょう」

とあくまで、そのスーパーバイザーの方法を推奨していた。主人に「これどうなんだろう？」と投げかけると、

「そんなのやんなきゃ良いじゃん」

ときっぱり。何でも決断の早い旦那なのだ。訓練を控えると、わかるのか、

「お母さん、最近やってますか？　お母さんがやらなきゃ……」

と言われてしまう。真面目で熱心な担任はスーパーバイザーの助言を疑わない。私はだんだん追い詰められていく感じを受けた。この方法で良いのか悩んで、我が家で息子が小さい頃からかかっている医療センターに受診した際に知的な部分の助言を受けている心理の訓練士さんに、実は……と、そちらにかかった経緯を説明し相談してみた。すると、

「お母さん、駄目です。その訓練、すぐに止めて下さい。母子関係が悪化してしまいます」と即答された。その一言で、自分の中のもやもやがすっきりとして気持ちが固まった。それから、何故我が家が以前から繋がっている病院へは同行しないのかも、疑問だった。

子どもに関わるとき、様々な活動の中でその子の意志を大事にすすめられるべきなのだ。幼い頃から我が家がかかってきた病院関係では、ボバーズ法と言われる方法を主に扱っていてくれたと思う。この方法はたとえ乳児であっても、嫌がる動きではなく、無理なく楽しみながらする訓練だった。子どもの意志を尊重しながら行うボバーズ法に、私は確かな信頼を改めて感じた。そして保育園の勧めるボイター訓練は、申し訳ないが止めたい……と申し出た。このことで、担任の保育士さんはやや、よそよそしくなった。人間なので、一生懸命だった保育士さんとしたら、気分も害すであろう。その熱心さにはとても感謝しているのだ。この事は園長さんはよく理解してくれ、有りがたかった。

「保育士として彼女が超えなければいけない壁ですから」

との言葉を頂いた。私も同じであると感じた。この出来事は、日頃保護者への対応について実に反省させられることになった。たくさん私も保護者を傷つけてしまっていたかも知れない。お互いがこれからの仕事に活かせれば良いと感じた出来事だった。この未満児保育園は、この一件とは関係ないが、二人目の子の産育休に入ったのを機会に私も家にいることから息子をみられる時間ができたので、止めることとなった。

ドキドキの小学校、そして小学校生活

地元の普通小学校を希望したのは、皆と同じ学校に行かせたいからではなく、たまたま自分も特別支援学校にいたこともあり、息子の発達段階を見ていると、小学校段階では普通学校でも行けそうだと感じたからだ。障がい児者の分野と無縁に生活してきた人々は、特別支援学校（養護学校）に入れることに抵抗がある保護者も多い。健常児と分けられてしまう、差別的な感じ、屈辱的な想いを抱えてしまう人々もいるだろう。私の場合は、職場でもあったため、その教育の仕方の良さも分かってはいたつもりだった。

息子の様子を見ていると、低学年のうちは通常学級で少し配慮してもらいながら（加配がついたらラッキーだが難しいか？）中学年からは特別支援学級に通級し高学年からは特別支援学級入級か？　中学は通常学校の支援学級か？　養護学校が良いか？　まだ分からないな……という見通しは持っていた。また、いずれ転校するにしても、幼い頃は地域の子どもたちと繋がりをもっておく、絶好の機会なのだ。地元の就学指導委員会でも通常学校への判定となったらしい。

幼い頃から絵本は大好きで、読み聞かせもして欲しがり、寝る前に何十冊と積み重ねて要求してきた。こちらが眠くなってしまい、うとうとしていると、ほっぺをぴしゃんと叩かれ起こ

された。ひらがなは入学に向けての準備で教えたこともあり、小学校入学前におよそ読めた。トイレは洋式なら自分で全てできた。ズボンにおしっこがかかってしまうと嫌がり大騒ぎすることはあったが、漏らす失敗はほぼなかった。衣服の着脱も時間をかけて練習した。着易いかぶり物から始め、大きなボタン、そして小さいボタンもできるようになっていた。こうした衣類の脱ぎ着には保育園での先生方の支援も大きかったと感謝している。

給食用のナフキン入れはわざとボタン式にする、ご飯だけを持っていく日のお弁当箱入れはこれまたわざと紐結び式にする等の工夫がされ、自然と練習できるようにしてくれていた。着ていく服を出しておくと、朝、自分で着てくれるようになっていた。年長ぐらいのときだったか、主人が気がつき提案してくれたのは、『着ていく服を自分で選び着る』ということだった。私はつい、見た目のバランス等を考え、こちらで選んでしまって与えていた。

「自分で選択する……これが大事なんだ」

と主人が言った。なるほど大事なことだった。つい、やりすぎてしまっていた。服を選んだら、本人が選んだものを尊重するようにした。私もおかしな取り合わせにも口を出さないよう我慢した。とりあえず、季節に合うものを息子が選ぶタンスの中に前もって準備しておくことにしていた。

主人も通常学校の小学校教師だったため、入学後の生活に必要な予想される事を要所要所で押さえてくれた。年長になり入学が近づいてくると、主人が休みを利用して小学校までの道のりを妹も連れ、散歩がてら一緒に歩いた。歩き方や信号の渡り方、気を付けるところを教えてくれた。道順も覚えた様子だった。これらが身に付くまでにはぐずるなどいろいろあったが、様々な人や機関の助けを借りてできるようにはなってきていた。

ただ、息子はコミュニケーション面が全くと言ってよいほど駄目だった（これは大きくなってもあまり変わりないが）。極端な人見知りなのか、よほど慣れた人以外とは会話しようとしない。挨拶はどんなに教えても一切できない。だから誤解されやすい。脳性麻痺だが軽い自閉傾向も入っているのかも知れないと、この頃から感じるようになった。服の着脱に順番があるのも、そうした傾向があるからかもと。また、詳しくないが、もしかしたら言葉によるコミュニケーション（表出面）が苦手なのは出産時に受けた左脳への広範囲な脳損傷にも関係しているのかも知れない。馴染めるだろうか？　保育園でも年長さんの終わり頃になると、小学校入学にむけて保育の中に学校ごっこ的な遊びを入れてくれていた様子だった。段ボールでランドセルを作って遊んでいたようだ。息子は何か不安を感じたのか、

「いおくん、学校いかない」

と言い出したこともあった。

通常学校入学を控え、受け入れる学校側も、初めて自分の子を小学校に入れる我が家も双方が気を遣ったことと思う。身体障がい、知的発達の遅れ、てんかん発作を抱えていたので通常学校ではなおさら不安だったことだろう。挨拶と前もってのお願いも兼ねて、資料も作成し夫

婦で学校へも伺って話し合いの機会を持った。幸い、本当によく学校側が理解して下さり有りがたかった。

そして、入学式の日を迎えた。私は息子の入学式の時は運良く勤務校と重ならず、入学式に出席することができた（娘の時は重なってしまい、入学式に出てやることができなかったが）。伊織は不安そうな表情で校舎を見上げていたのを覚えている。式が終わった後、特別に母と二人だけでお祝いランチの時間をもった（私は子どもの入学の時、必ず母を一人で独占できるようそれぞれに一対一でお祝い食事会の機会をとるようにしてきた。娘も入学式には行けなかったがその機会を作って話すようにした。『あなたはお母さんの宝物』を伝えるために。子どもたちは忘れてしまっているかもしれないが……）。食事をとりながら、

「これからの小学校生活で困ったことがあったら、必ず助けるからね。心配しないんだよ」

と伝えた。伊織は分かっているのかいないのか、何も言わずにハンバーグにかぶりついていた。

入学式が終わり、初日の登校日の朝（まずは集団登校からはじまった）、家族全体が何となく心配なのか、みんなで見送るかたちとなった。主人、私、妹の智織まで出てきて、

「いおくん、がんばって」

と声援を送っていたのを覚えている。

学校までの道のりは三キロほどある。入学前の打ち合わせの際、来入児係の先生から、

「結構な距離がありますが、歩かせるおつもりでしょうか？　大丈夫ですか？」

とご心配いただいたことがあった。我が家の方針としては普通に皆と同じように歩かせることを希望した。これは特にやらせたいことでもあった。それで、入学前に主人が一緒に歩く練習もしていた。入学後、車で送っていくことは一切しなかった（まだそれができた、のどかな時代だったのかも知れない）。荷物が多いときだけは荷物だけ届けておいてやった。雨の日は心配だったが、やはりカッパを着せて歩かせた。担任の先生から、

「伊織くんは雨の日ぐらいは、車でも……」

と言われたが、雨の日は雨の日なりの歩き方を身につけて欲しかった。近所の方が見かねて乗せてくれることもあった。本当は私も「途中で転んだらどうしよう。カッパを着ていったら玄関であの子は片手でどうしているだろう。ああ車に乗せて一緒に行った方がよほど気が楽だ」と思っていた。が、あえてしなかった。

さて、登校についての思い出ではこんなこともあった。集団登校の期間は皆で集まって地域の子どもたちと登校できるから、それに付いていけば良かったのだ。今はどうか知らないが、当時は集団登校は限られた期間で、後は自由となる。入学して間もないし、まだ一人で登下校させるには不安があった。そこで近所の上級生に保護者を通して一緒にお願いした。その上級生にも友だちがいるので何人かで登校できることになった。やれやれと思っていたら、伊織の様子がおかしい。

「いおくん、一人で行くの？　〇〇ちゃん、いおくん、一人で行けって……。行くの？」

と同じことを繰り返して尋ねてくる。こうなるとしつこくなる。こういうときは不安があるときだ。どうも人間関係に摩擦が生じているらしかった。コミュニケーションの苦手な息子に起こりがちなことだ。また子どもの世界にはありがちだ。主人とも相談した。大人が介入して何とかしてしこりが残ってもいけないし、伊織に気を遣わせるのもどうか？　どうせならいらぬ摩擦を避けて、いっそ一人登下校を可能にしてしまった方が気楽ではないか……という結論になった。人間関係を作っていくのは大切だが、無理をして作ってやっても……と、この時はそういう結論にしてしまった。良いか悪いかは分からない。

「いおくんは一人で行けるよね。大丈夫だよ。パパと練習したものね」

と励ます。嫌だとは言わないところをみると、それまでの登校に気疲れしていたのか？

その朝、また主人、私、妹で見送った。伊織は不安そうな顔はしていたが、一人で歩き出した。こちらを振り返りふりかえりしながら……。すると少し前を、高学年のお姉さんが歩いているのが見えた。すると主人が伊織に向かって叫んだ。

「伊織、走れ。あの姉ちゃんに付いて行け！」

伊織は走り出した。そして、そのお姉ちゃんの数メートル後につき、つかず離れず一生懸命歩いて行くのが見えた。私たちは祈るような気持ちで見送っていた。忘れられない光景だった。

その日から、伊織は登校に関し、ぐずることもなく、いやがることもなく、一人で決まった時間に淡々と登校していった。入学後、みるみる体力がついた。風邪も大きなてんかん発作もあまり起こさなくなった。

ところで、片麻痺について。片方しか使えないということは、子どもにとって何か作業する際、とても不便であるばかりか、上手くいかなかった積み重ねが癇癪を起こしやすく落ち着きのない性格となったり、諦めやすくなったり、また依存的な性格に繋がっていってしまう。片手が使えないと言うことは、単にハンディが半分になるということではない。それ以上のことなのだ。知的理解がそれをカバーしてくれるとよいのだが、あの子は知恵遅れも併せ持っている。「何でも諦めないで取り組んで欲しい」という親の気持ちをよそに、

「できな〜い」

とぐずり、服の脱ぎ着から始まり、洗面その他、日常生活動作、学習等、何かにつけてぶつかってきた。「自分もこうすればできる」という自信をつけてもらうためには、片手でもどうすればできるかを一緒に考えてやることがとても大切だった。そんな時、かかっていた病院の作業療法士さんのアドバイスには大変助けられてきた。器用に自助具を作ってくれる物の中には大変なヒット作があった。とても助かったのは歯ブラシに歯磨き粉を付けるための自助具もその一つだった。毎朝、

「ママー、できないよー。やってー!」

と騒いでいたこの行為。自助具を作ってもらったおかげで、一人で黙ってできるようになった。お互いのストレスはこれで随分と違った。

常備薬の服用や学校の準備も前日に自分で用意するよう、身に付くまで何度も練習した。学校の様子も見せてもらいにでかけ、一年生の頃の先生にはかなり気を遣わせ、ご苦労いただいたと思う。中学年では、他学年児童から下校途中にわざと足を掛けられて転ばされ、擦り傷を負うなどの出来事もあったが、学校としてすぐに動いてくれるなど誠意ある対応をして頂いた。高学年では、特別支援学級に在籍しながらも、原学級の先生は大変熱心に関わって下さり、仲間作り、行事参加の方法を考えて頂け、同業者としても学ぶことが多く頭が下がった。幸せな小学校生活が送れた。

ぬいぐるみの犬、チャチャとの出会い

一年生のころ、まだ通常学級にいた。懇談会で先生に言われたことがあった。

「今の伊織くんにとっては、学校は戦場にいるようなものかも知れない」

と。その緊張のためか？　国語の教科書に出てきたお話のためか？　一年生の終わり頃から犬のぬいぐるみを家で片時も離さなくなった。一年生の国語の教科書に「ずうっとずっとだいすきだよ」というお話がある。知恵遅れもあり、どのくらい内容を理解していたかは分からないが、今でも忘れられないのは、

「ママ、このお話ね。とっても良いお話なの。今からいおくんがママによんであげるね」

と大きな声ですらすらと読んでくれたことがあった。本好きで、文字は何とか覚え、読むことは大好きだった。文法的なことなど分からずめちゃくちゃだが、素敵なお話を感覚的に「よいお話だ」と感じられる気持ちが私はとても嬉しかったことを覚えている。

このお話の影響なのか、この後、仲の良かった親戚の奥さんから頂いてあったスヌーピーに似た犬のぬいぐるみに、その頃飼っていた犬のチャチャと同じ名前を自分でつけて、寝るときもどこへ行くにも離さなくなった。もの陰からこっそり覗いていると、にこにこして見つめ合って（？）なにやら会話していることもある。車に乗るときも膝に抱いている。伊織なりに

これで心のバランスをとっている様子だ。とにかく安心アイテムになった。とても大事にしていて、うっかり蹴飛ばしてしまうと大変怒られる。

このチャチャくんは彼の安心アイテムとして今後も長く続くのだ。汚れると自分で洗濯ネットに入れ、洗う。そして椅子に座らせ大事に乾かす。どこか穴が開くと自分で針に糸を通して自分で繕う（勿論、ガタガタだが……）。しかし、学校へは持っていかないことと、外出時は車で待たせ持ち歩かないことを約束している。

このアイテム、大人になっても離さない。ぼろぼろになってきている。でも他の物と替えはきかないようだ。一度試みたが駄目だった。この先、何時チャチャから卒業するのやら……。

ぬいぐるみの犬のチャチャと

夫と伊織

夫と私の出会いは、「採用試験に合格するまでは結婚しない」と言い、遅くなっていた私の結婚を心配した両親が知人に頼みその方からの紹介で出会った。いわゆる「お見合い」で、恋愛婚が主流となっていたその当時にしては珍しかったかもしれない。ファッションには無頓着で、一応持ってます的に着てきたスーツのズボンのおしり部分が、もうすぐほつれそうな感じだったのを覚えている。しかし、あまり自分を飾ろうとしないところが好感が持てた。あまり口数が多い人ではないが、読ませてもらった学級通信の文章の書き方に魅せられた。また、通信から仕事ぶりや人柄を窺い知ることができ、初めての見合いで結婚を決めた。母は私があまりにもあっさり決めてしまったので、かえって心配になって、考え直しても良いんだよ……等と言ってきた（笑）。

「ますおさん的家庭」が女性には一番楽で良いらしいと、結婚前、女友達の間で話題になったことがある。しかし、私の夫はそういうタイプではなかった。いちいち私の話を丁寧に聞いてくれる優しいタイプでもない（私もべらべらとしゃべりたいタイプでもないが）。しかし、要所要所できちんと聞いてくれる。読書をよくする人だがあまり理屈を並べる人でもなく、人に自分の意見を押しつける人でもない。適度に話し合いができる人で助かる。話し合いの中でお互いを尊重してくれ、思いやりを感じることができた。

また、主人は自分のやろうと思ったことを行動で示す人だ。まめに働く人で「今日やること」をきちんと決め計画的に活動するのは尊敬する。家事についてもそうだ。しかし、仕事は早いが私からしたら、ややがさつで荒っぽいと感じてしまうところもある。私にも計画があり、その計画と合わないとぶつかることもあるが、大きなぶつかりにはならない（我慢していてくれるのかもしれないが）。

一番尊敬し、素晴らしいと思い、有りがたいと思うところは、がさつで荒っぽくてはあっても、人や物事に対して、とても思いやり深いところや責任感がうかがえるところだ。そうしたところは言葉の端々、行動の端々にうかがえるものだ。家庭の事、地域活動の事、仕事の事、そうした様々な場面に私は主人の人としての尊い愛情やぬくもりを感じ、ホッとできるのだった。安心できるのだった。

それは長い年月をかけて深まっていき、居心地の良さを感じている。思いやりのある言動をする人にはエネルギーが蓄えられ、思いやりのない冷たい、心ない言動をする人にはエネルギーが削がれるものだ。私も常日頃、自分の言動に気を付けたいと思っている。そういう意味でも、主人と伴侶になれたことは有りがたいことだった。恋愛結婚でなく見合い結婚だと、そこに自分の意志はあるのかと違和感を持つ人もいるようだが、こうした出会いも悪くはないと私は若い人に言いたい。

少し話が逸れたが、主人はそういう人なので、子育てについても子煩悩さがうかがえた。荒っぽいので、生まれて間もない頃の沐浴は私が怖くて夫には任せられなかったが、クビが座って身体がしっかりしてくると、私も主人に安心して積極的にお風呂に入れてもらった。洗髪の時、シャンプーを洗い流すのに、ザバッと湯をかける行為は私ならできないが、

「こういうのが水泳の時の水慣れに良いんだよ」

とか何とか言いながらしていた。伊織は最初はびっくりして泣いていた。可哀相に思っていたが、そのうち慣れたようだ。

荒っぽさで思い出す出来事がもう一つ。主人は結婚後、釣が大好きになったようだ。年々釣にのめり込んでいった。あれは伊織が四歳ぐらいで智織が一歳後半ぐらいの時だったか……。ある日の休日。平日の忙しさから、休日ぐらいは朝寝坊したいと思っていたあの頃。今でこそ朝、自然と目が覚めてしまうが、若かったあの頃は不思議と寝られてしまう。あの日も朝、子どもたちの起きる声と主人の話し声がするが、主人がいてくれるので今日はもう少し寝られる……と思って寝坊を決め込んだ。

夢うつつの中で、子どもたちの声が外で聞こえ、主人と外で遊んでもらっているのか？　と思いながら目が覚めた。七時半ぐらいだった。外で子どもたち二人の笑い声がするので、二階の寝室窓から外を見た。伊織と智織は家の前の道路にベビーカーを持ち出していた。智織はこの時すでにどんどん歩けていた。智織は自分でベビーカーによじ登り座る姿を見た。すると伊

織は智織の乗ったベビーカーをケタケタ笑いながら押して道路を行く。智織も声を立てて笑っている。二人ともまだパジャマのまま。近くに主人が居るはず……ん？　うん？

「いな〜い！　だれもいない？」

私はとび起きてパジャマのまま外へ出た。

「いおくん、ちいちゃん。パパは？　どうして二人だけで外にいるの？　パパは何処へ行ったの？」

私が血相を変えて外に出てきたので、子どもたちもびっくりした様子だった。あわてて家の中に入れた。

どうも旦那は私に声をかけず、子どもたちを残し、釣に出かけてしまったようだ。しばらくして帰ってきた旦那に私は声を震わせながら抗議した。田園の中にある場所で道路にも車の通りはさほどない静かなところではあるが、こんな小さな子が外に二人だけで出ていて、何かあったら……と思うと背筋が凍る想いだった。伊織はあまりの私の剣幕に何か感じたのか少し困った顔をしていた。智織といえば、この頃はまだ全く理解しておらず、私のこの剣幕中もにこにこしながらお兄ちゃんの周りを歩き回っていた。主人と言えば……。

「起きてくると思ってさ……。悪かった。悪かった」

と、ばつの悪い顔をしていた。

大きくなってきて片言のおしゃべりができるようになると、お風呂の中で必ず毎日していることがあるらしかった。それはこんな台詞から始まった。

「はい、ぼっくんいおくん、今日は何したの時間。今日はいおくん、なにしたのかな？」

するとｎ伊織は、

「ジャー。いおくんジャー、見た」

と、使えるようになった単語を使って話し始める。

「ジャー、そう。パワーショベル見たんだね。どこで見たの？」

「あっち。あっち。ばぁ」

夫の側で笑顔の伊織

「ばあちゃんちの近く？　ああ、工事してたなあ」
などと会話しているのを脱衣所を通りかかると微笑ましく私は聞いていた。「ぼっくんいおくん」は乳幼児期に何故か主人の決まり文句になっており、このお風呂での会話は大きくなるまで続いていた。
時にはお風呂場でのこの会話で、思わぬ事実を発見することもあった。小学校三年生ぐらいの時だったかと思う。妹の智織もすでに一年生になっていた。この頃は妹もまだパパとのお風呂を嫌がらなかったので一緒に主人にお風呂に入れてもらっていた。小学校に上がると下校後は学童保育へ。義父の祖父が学童保育へお迎え。そして仕事を終えた私たちどちらか早かった方が子どもを近所に住む祖父母宅へ迎えに行く……という流れになっていた。その日、祖父母宅へ私が迎えに行くと、伊織の顔に結構な擦り傷があった。眼鏡も変形していた。

「伊織、なんか転んだみたいだよ。よく言わないから分からないんだけどさ」

と祖母が言った。私が、

「いおくん、転んじゃったの？」

「……」

「転んじゃった？」

ともう一度聞くと、小さく頷いた。

「そう。顔から打っちゃったんだね。痛かったね」

と私は言った。登下校中、実際伊織は左右のバランスが悪かったので転倒することがあった。また視界についても脳損傷の関係から普通の子より狭いらしいことが年中くらいの時に分かってきた。中心がずれているため、端から見ると、顔を横に向けて変な体勢で歩いているように見える。本人はそれが中心だと思っている。視界が狭いことは、本人は生まれた時からそうなので別段不便には思っていない様子だ。

伊織が小学校入学当時はまだ村では様々な事が整備されていなかった。学童保育もなかった。

しばらくすると、小学校から更に一・五キロほどか二キロはあったか（？）村の別の建物を借りて学童保育の運営が開始された。他の子どもたちの中に入れ、なるべく刺激を与えたかった私は、その学童保育の利用を希望した（入る時は健常児の学童保育だったため、障がいがある伊織は、これまた様々な話し合い、打ち合わせを経てようやく入れたのだった）。この学童保育への移動中に転倒したらしかった。

祖父母宅から連れ帰ると主人も帰ってきて、いつもの流れでお風呂へ。その間に私は夕食準備（夕食といっても正直に言うと帰宅時間が遅い私たち両親のために、子どもたちにはある程度、祖母が食べさせてくれた。こうして助けてもらいながら仕事が続けられてきたのだ）。主人には、どうも転んだらしい……と伝えておいた。

「ああ、痛そうだな。膝も打ったみたいだぞ。擦り傷あるな」

と服を脱がせながら言う主人の声を聞いた。この日も兄妹二人と主人でお風呂へ入っていた。

そしてあの会話が始まった。

「はい、ぼっくんいおくん。今日は何した？」

その日は、いつもよりお風呂が長かったように思う。子どもたちをお風呂から出し私にバトンタッチ。私はいつものようにタオルで拭けないところを拭いてやり、リビングに出してある自分の着替え場所に促した。

「おーい」

お風呂を出て脱衣所で着替えながら、主人が私を呼んだ。

「どうも、ただ転んだんじゃないらしいぞ」

と言った。お風呂の中で時間をかけて聞き出した話としては、転んだときの事をなかなか言わなかった伊織が妹の智織の一言でだんだん話し始めたらしい。妹は主人にこう言ったそうだ。

「いおくんね、上級生にいじわるされたんだよ」

妹の話によると、兄と帰宅時間が違うため一緒に歩いていたわけではないが、少し離れたところから上級生二、三人が兄をわざと転ばすのを見たらしい。このあたりを伊織にゆっくり聞いてみると、道を歩いていくと上級生が待っていて、足を出して引っかけられたと。利き手の左手が出れば良いのだが、運動バランスの良くない伊織は道路に顔から激突……となったらしい。しかも「このこと、喋るんじゃないぞ」的なことを言われたらしい。そう言われると、伊織は怖くて言われたことを守ってしまう。夫は食事をとると、

「学校に事実関係を調べてもらう」

と担任に宛てて手紙を書き始めた。私は、平らな道路上でまだ良かった。これが階段など段差があるところだったら……と思うとぞっとした。

間もなく、学校がいろいろ調べてくれ、やってしまった児童がわかり、保護者を通じてお詫びの電話がきたり、直接自宅まで一緒に謝りに来てくれたりした。その児童たちには、学校として、伊織の障がいについて、片方だけで学校生活を送るということがどういうことか、どん

な大変さがあるのか理解してもらうために、教室にきて伊織の様子を見学して感じてもらう……という処置をとったと連絡をもらった。誠意のある対応に感謝した。こうした出来事は、障がいを背負いながら生きるとき、なきにしも非ず……の出来事かも知れない。

同じ学年では担任の先生方の配慮もあり、伊織を知っていてくれる児童が多くいたためか、こうしたことはあまりなかった。しかし、他学年の児童は日頃あまり交流がなければ分からない事も多いだろう。おっとりと育った伊織でも、自分の大事にしている物を何かされるなどしたときにパニックになり、他人に何かすることだってあり得るかもしれない。こうした出来事で互いに理解し合うきっかけになればと感じた出来事だった。何かある毎に、問題を投げかけ、互いに考え合っていかなければならない。母親の私だけに任せず、自分から動いてくれた主人にも心強さを感じ、感謝だった。

自立歩行が可能になると、近所やいろいろなところを散歩させてくれた。それは、そのうちにやがて小学校高学年で行われる登山（地元の県では当時、必ず行われていた）にも慣れるようにと、簡単な山道の散歩もしてくれるようになった。

私はあまりアウトドア派ではないが（嫌いではないが、ノウハウがないので自分からはしない）、主人はアウトドアの活動が好きな人で、子どもたちが小さい頃は、五日ほどのまとまった休みが取れると年に一度は自分で計画を立て旅に連れて行ってくれた。キャンプ式の車で寝泊まりと、それだけだと疲れるので二日に一度は旅館やホテルに泊まった。計画を立てるときに伊織や智織にも準備する物を自分で書き出させるなど意識を高めてもくれた。外でのキャンプの際、テントを張る、野外での食事の用意、等々実に手際が良く、尊敬したものだ。

旅から帰ると、伊織や智織に旅の思い出のまとめを一緒にさせてくれた。アルバムに写真や見学場所の入場券、感想などを書かせてまとめてくれた。伊織はこうした活動にとてもはまり、大きくなってくると自分でもまとめようとする習慣がついていた。準備段階のメモ、行った先の写真、そこであったこと等を書く習慣がついていた。きっとこれは主人の影響だろう。

主人は伊織の障がいを現在でこそ理解して受け入れている。しかし私から見て、ある時期きっと複雑であったのだろうと感じた時期があったことを覚えている。

主人の中には、男たるもの、小学校高学年にもなってくれば母親から離れたくなるものだ。そうでなければ困る。そう思っていたらしい。しかし、高学年になっても伊織はそうならなかったのだ。何時までも母親の側にいたがるのだ。私といたがる（そして、それは大人になった今でも変わりない）そんな伊織の様子を見て、あの頃、主人はやや苛立つ様子が見られた。主人の感覚としては理解出来ない事であったのだろう。普段の生活の中でも、旅先でも、私にベタベタしたがる伊織に、

「やめなさい。みっともない」

と言った。私にも、

「おまえがそういう風にくっついているからだ」

と言ったことがある。

小学五年生になると、この地方の小学校には登山キャンプという一大行事がある。主人も小学校教師なので、この行事の準備、実行、無事に連れ帰るまでの大変さを知っている。障がいのある伊織の登山参加に学校も頭を悩ませることだろう。参加しないという方法もあるが、親としてはできるのであれば同じ体験をさせてやりたいと思う。またこの登山が目標だけでなく、歩く……ということが、伊織の身体作りにも良い影響を与えると私たちは考えていた。この登山行事に向けても、その他の行事に向けても、家庭でもできる限り下見をするなど準備をするようにしていた。

主人は早くから近場の簡単な山に連れて行き、山登りの体験をつませた。その最中、伊織は疲れたり怖かったりすると、よくだだをこねた。この頃は主人も、そうした伊織に苛立ち声を荒げることがあった。声を荒げて怒ってもなおさらパニックとなり、固まり、泣き騒ぐだけの伊織がいた。今から思うと、主人はあの頃、伊織のことを分かってはいても受け入れ切れていない自分と戦っていたのかも知れない。あれはいつだったか、主人が私に、

「伊織は、あれで良いのかな?」

と言ったことがあった。何時までも親と同じ部屋で眠りたがる。何時までも母にべたべたしたがる。何時までもぬいぐるみのチャチャを持ち歩く。私にもこれで良いのか分からない。でも、

「それじゃ、駄目なんだよ」

▲登山練習

生後初めての家族旅行▶

と伊織に告げたところで、急に引き離したところで、不安が増すばかり。他に代わりになる安心材料が見つかるまでは無理なんだと思われる。

「良いんじゃないの？」

と私も答えた。そして、いつからか主人は伊織が何かする毎に、

「それが伊織なんだよな」

と静かに言うようになった。そして伊織に声を荒げて怒ることは一切なくなった。

伊織はパパとお出かけするのが大好きだ。主人はスペシャルオリンピックスの活動に参加するようになり、自分の住む地域にスペシャルオリンピックスがなかったこともあって、この地方の立ち上げにも関わった。伊織と一緒にこの活動への参加を楽しむようになった。

我が家にとって、私にとっても、主人の存在は実に大きいのであった。

迷った中学校入学

小学校高学年は、伊織を理解しようと努力して下さる担任の先生と、その担任の先生から作り出される学級の雰囲気とその中にいる伊織の周りの子どもたちは、自分たちとちょっと変わった雰囲気の伊織を自然と受け入れてくれていたように思う。受け入れていた……と言葉を簡単に表現してしまうが、子どもたちが織りなす日々の生活は常に何かが起こり、それを仲裁し、子どもたち自身を振り返らせ考え、お互い満足し意欲的に生活を送ろうとする意識に向けるためには、担任の先生の並々ならぬ努力があったであろうことを察する（そうした陰での多くの人たちの気遣いや努力を感じられる、感謝できる子に育って欲しい……と私は願い、日々話し、その表現の一つに挨拶もあるのだから云々……とつい口うるさくなるのだが、伊織には通じているのだろうか？　挨拶は大人になってもできない）。そんな原学級の先生の努力、特別支援学級の先生のきめ細やかさで、色々ありながらも伊織の小学校生活はおおむね幸せだったように思う。

中学校進学が近くなってきた頃、必然的に進学をどうするかの話題が出るようになった。主人と話した。私はその頃、すでに養護学校（現在の特別支援学校）の勤務経験もあって、まだ伊織には中学段階では養護学校中学部でなくても良い気がした。伊織を客観的に見ることができているかどうかは分からない。自分が教師であっても、とかく自分の子に対しては客観的には見られない事が多いものだ。主人は、養護学校中学部への進学もあるいは良いのではないかと考えていたようだ。知的発達に遅れがある伊織につけるべき力は、通常学校で学ぶような知識中心な物ではなく、生活を中心とした生きる力だと考えていた。それには私も賛成だった。主人もそのように考えてくれることはありがたかった。

保護者の中には、障がいのある子も通常学校の一般教育を受けることだけにこだわる者もいる。それが平等のような気持ちもあるのかも知れない。通常学校に通えない寂しさもあるのかも知れない。家族間で意見の一致が見られないと、なかなか子ども自身も家族も辛いものがあるかも知れない。そういう面では、主人は冷静に客観的にとらえてくれていたと思う。

ただ、私はその頃、伊織の様子を見ていて、養護学校中学部の教育課程の内容にどっぷりつかるのはまだ早いように思えたのだ。本が好きで多少なりとも読み書きに興味を持てるところや、歩いてなら危険を認知し自力で学校へ通える力もあることから、通常学級はもちろん無理だが、地元の中学校の特別学級（現在の特別支援学級）でもまだ通えるのではないかと考えていたのだ。どちらが良いのか大変迷うところでもあったが、地元の就学指導委員会でも一応、一般中学校の特別支援学級の判定もおりたことだし、その方向で進学は決まった。しかし、やはり理解をしてもらうために、小学校の時と同様に資料を用意して夫婦そろって中学校に相談に出向いた。忙しい中、申し訳ないが、こうした話し合いはお互いを理解する上で大切だと考えた。

日を決めて会いに行ってみると、教頭先生や特別支援学級の担任に気持ちよく相談に応じて頂け、大変好感が持てた。

障がいについて、日常生活のこと、現在の小学校で対応して頂いていること、今の学力のこと等、一通り説明させてもらった。穏やかに理解しようと聞いて下さる中で、一つ不安そうにやや表情を曇らせたのは、伊織の抱えるてんかん発作のことだった。もしも学校で起こしたときの対応の仕方のお願いには、通常学校はあまり慣れていないのだろう。発作の様子、それに気付くこと、そして時間を見ること、母親に連絡をとること、即効性のある座薬を入れてもらうこと、五分経ってももどらない場合は救急車を呼んでもらうこと等、教頭先生は不安そうな笑みを浮かべながら、

「その場になって、きちんとできるかどうか……ね」

と答えた。私は、保育園の頃はよく発作を起こしていたが、小学校にあがった頃からめっきり減り、小学校では発作を起こして保護者に連絡がくる事態となったことは一度もなかったと付け加えると、少し安心した様子だった。

こうした経緯を経て、とにもかくにも伊織は他の同級生と共に地元の中学校に入学した。中学校は制服となり、小学校の時のように片手でも着易い服……というわけにはいかなくなった。ズボンはいつも片手で着易いようにゴム式の物を選んでいたが、制服のズボンはそういうわけ

にいかず、制服が届いてから、私は制服のズボンとしばらくにらめっこをしていた。ベルトを片手で締めるのは、この頃の伊織には難しいと思われた。また、この頃はゴム式のベルトがまだなかったように思う。または私が忙しすぎてそうした良いグッズに出会えてなかったのか、とにかく自分で何とかするしかないと思い込んでいた。

片手で細身の伊織がベルトを締めるのではなく、ズボンをあげ、ずり落ちずに維持できるように改良してやる必要があった。しかもあまり目立たずに……。学校に登校してしまえばすぐに着替えとなり、日中は運動着で過ごすらしいので、登下校中の制服着用中だけ目立たぬように改良してあげられれば良い。そして思いついたのが、太ゴムをズボンの前の合わせ目に伊織のサイズに合わせて縫い付けておく方法だった。これならズボンをはいて上に上げるだけでもずり落ちず、維持できていた。ファスナーを上げることやボタンをはめることは保育園時に獲得できていたので、制服ズボンを自分ではき、ファスナーを上げ、ボタンをとめることがストレスなくできた。

中学校入学式前に改良し終わりホッとした。小学校卒業式でも制服を着用して式に出席したのだが、その時はまだ改良できておらず、式前後のトイレの際に他の保護者から私は離れ、男子トイレの前で待ち構え、ズボンの始末をしてやらねばならなかった。小学校卒業式前に仕上げてあげられれば良かったのに……と思いつつ、学年末のこの時期は私も学校の仕事が最も忙しくなる時期で余裕がなかった。しかし、こんな一手間をかけなくても、とても便利なゴム式ベルトの存在を知ったのはもっと後のことだった（笑）。

入学後、ホームルームや行事の時以外は特別支援学級で過ごしていたらしい。中学校ともなると、小学校ほど家庭との連絡を頻繁にとることもなくなるので、学校生活の様子を詳しく知る機会もなくなったが、不調を訴えることもなく、寝る前に次の日の準備を自分でし、毎朝三キロほどの道を毎日淡々と歩いてきちんと通ってくれた。それには、きっと学校で伊織の心のよりどころとなる人がいたのだろう。伊織は自分から人に働きかけることがほぼない。挨拶もできない。しかしそうした特性を受け入れてくれ、温かく見守ってくれる人が一人でもいると、その人を頼りに頑張れるらしい。中学校では特別支援学級の担任の先生や原学級の先生だったと思われる。担任の先生がそうした存在になっていて下さることは本当にありがたい。

そしてまた、伊織の強みは、生活の中でほんのわずかでも自分なりに常にちょっとした目標または目的をたてる……というか置くようなのだ。

「今日は先生にハリー・ポッターの本を持って行って見せてあげるんだ」とか「今日は○曜日だから○時からあの番組がある日だ」とか「○月○日は参観日でママが来る」とか「次の日曜日は～がある」等々、本当に小さなことだが目的を置くようだ。小さなそうした取るに足らない目的を毎日、楽しみにして、そして日々を繋いでいってくれるのだ（それは大きくなってからも変わりなかった）。そして学校を嫌がりもせず、雨の日も風の日も、暑い日も寒い日も雪の日も、毎日通い、淡々と日々を穏やかに過ごしてくれる。

仕事柄、様々なタイプの子どもたちに接する機会があり、障がいのある我が子についても色々思い悩むが、何気ないことだがこうして日々を淡々と繋いでいけることは、ある意味すごいことで有りがたいと感じていた。また、この頃もう一つ有りがたかったのは、中学校生徒全体が大変落ち着いていたことだったと思う。こうしたことも伊織が落ち着いて生活できた一つの要因だと思う。

中学生ともなると一番成長が著しい時期であるが、心も体も不安定な時期となり、変わった子への心ない言葉や攻撃もしかねない時期である。しかし、伊織の通っていた地域の中学校の生徒は、通学途中に地元の人々に会えば大きな声で挨拶をし、校舎内の清掃を黙々と行い、木造の床はピッカピカだった。大変生徒さんたちが落ち着いていたように思う。先生方の指導が行き届いていたことと、環境からくる子どもたちの素朴さであったかも知れない。道で会った時、恥ずかしがらずに大きな声で挨拶してくれる生徒さんたち。この姿を真似て伊織も人に挨拶できるようになったらなあ……と何度願ったことか……。

しかし、それはとうとう無理だった（大人になってからも、それはできなかった）。あれは何年生の時だったか……、そして何の時だったか……記憶が定かでない。ＰＴＡ役員をしていて勤務校を早退し、息子の中学校の役員の集まりに出向いた時だったか、廊下を歩いていると原学級の担任の先生に偶然お会いした。

「あ、伊織さんのお母さん。ちょうど良かった。今日は申し訳ないことをしまして……」

と、私よりは幾つか若いその男性の先生が申し訳なさそうに切り出した。

「給食の時、ごちそうさまになっても、伊織さん、給食を食べていなくて、具合が悪いのかと心配しましたが、そうではなくて……。伊織さんのところにどうもお箸が配られていなかったらしくて、それを伊織さん言えずにずっといたらしいのです。言ってくれたら良かったのですが、ぼくらも気付かず、申し訳ありませんでした」

とのこと。給食は特別支援学級ではなく、原学級に戻って一緒に食べていたらしい。大勢の中に入るとなおさら自由に物を言えなくなるタイプだ。自分のところにお箸が配り忘れられていることを、モジモジするばかりで言えずに時間が経ってしまっている風景を私は想像できた。後ろの方の席だったらしく、忙しい先生には気付くことが難しかったのであろう。伊織が自分で訴えれば良かったのだ。

「こちらこそ、自分で言えば良いものを……。お手数をおかけして申し訳ありませんでした」

と、丁重に先生に謝った。私と担任の先生が廊下で話しているのを見つけて、伊織が嬉しそうにニコニコして寄ってきた。私に、

「いおくん、聞いたよ。給食の時、どうして『お箸がありません』て、先生に自分から言わなかったの?」

と言われて、とたんに顔が曇り、

「えー、だって……だって」

と、下を向いて繰り返すばかりだった。そして私はつくづく実感した。こういう力なのだ。伊織につけるべき力はこういう、いわゆる『生きていく力』なのだ……と。読み書き計算の学習プリントができるようになることではないのだ。

特別支援学校高等部への受験と進学

中学校二年生後半から三年生になると、周囲は俄然、高校受験・進学の話題でざわつき始める。伊織の様子をみていると、仕事柄、高校からは間違いなく、知的障がい特別支援学校の高等部が適切であることは理解出来た。だから、中学校の学年ＰＴＡ等で、普通高校受験までの志望校の絞り方や受験の流れの説明の部分になると、他の保護者が必死で聞こうとしている中、関係ないのでさっさと退出するようになった。保護者の中には「えっ？　こんな大事な話、聞いていかないの？」とばかりに怪訝そうにこちらを見る人もいた。このあたりは多少の寂しさはあったが現実なので仕方ない。特別支援学校への願書提出だけを確実にすれば良いので、中一に入学していた妹の方の参観に行ったり、学年ＰＴＡに行ったり、なければ早々に帰ってくるか仕事に戻っていた。

特別支援学校への進学希望は中学校にも伝えてあるし、願書は中学校を通じて来るだろうから、待っていれば良いかな……くらいに思っていた。それに息子を進学させようとしていた特別支援学校は自分も勤務したことがあった学校だったので、何となく親近感があった（私はこの学校には、高等部にはいたことがないが、重度重複学級や小学部にいたことがあった）。

中三の十二月初旬だったか、いつものように朝、出勤して一時間目か二時間目が終わった頃、携帯に電話が来た。息子の中学校の女性の教頭先生からだった。

「伊織さんのお母さん、高等部入学選考の願書が他の通常高校の申し込みより大分前だったらしく、急いで願書提出書類を揃えなくてはなりません。大変申し訳ありませんが、これからお届けにあがりますので書いて頂けますか？」

との電話だった。

「え？　あの、私は今、勤務してしまっていますが？」

「ええ。ですからそちらの小学校へ私が今からお届けに伺います」

頭の中で？マークが飛び交った。よく分からない。どういうことなのか？　伊織に持たせて、今夜書き、明日提出して下さい……ではないのか？

「いつまでに書けば良いのでしょうか？」

「本日中に、できるだけ早くお願いしたいのです」

「え？　あの願書の締め切りはいつなのでしょう？」

「……すみません。今日です」

「……はっ？……えー？？？」

頭の中が真っ白になり混乱した。学校の仕事が忙しくて、私は何かを読み落としていたのか？　何かミスったのか？　特別支援学校とは言え、高等部は義務教育ではないので願書の締め切りは厳守のはずだ。締め切りに間に合わなかったら受験できないはずだ。ドジな私はまた何かとんでもない落ちがあったのか？　でもおかしい。どこで？　いつ？　進学に関しては注意して学校からの書類は見ていたはずだったのに？　混乱しながら、おそるおそる教頭先生に聞いてみた。

「あのう？　私、何か提出しなかったのでしょうか？　読み落としていたのでしょうか？」

「……いいえ。あの、申し訳ありません。こちらのミスです。願書提出日程が通常高校と違うことを見落としていたようです。申し訳ありません。ですからこれから私が勤務先にお届けに伺い、何とか書いて頂けたらそちらに取りに行かせてもらい、五時までに私が責任をもって特別支援学校へ届けさせて頂きますので」

教頭先生は自分たちのミスを認めて謝罪してくれた。それに私も落ちがなかったので正直ホッとした。

「分かりました。すぐ届けて頂けますか？　なるべく早く書けるように努力します」

と伝えて電話を切った。しかし問題はこれからだった。どうやって願書を書く時間を確保したらよいだろう。私のその頃の勤務は通常小学校の通常学級だった。二年生か三年生だったか？通常小学校は空き時間がほぼない。朝から児童の下校までめまぐるしいぐらいの時間を過ごしているのだ。しかし、その学年から音楽を専科の先生に見てもらうことができていた。それでも低学年は一緒について行かないと何かやらかすので、音楽専科の先生に迷惑がかからないよう時間中もついて行っていた。

この日、奇跡的に五時間目は音楽が入っていた。給食時間からこの音楽の時間を利用するしかないだろう。電話を切ってから頭の中でそんな計画を立てながら、教頭先生からの願書の到着を待った。間もなく、給食前には学校に願書が届いた。願書の中味を見ると、あっさりした願書ではなく、めちゃくちゃ書き込まなければならない内容となっていて、気が滅入った。給食準備をしながら本来なら下書きをして書きたいところだが、そんな時間はないので、項目ごとに何と書こう……と考え事をしながら子どもたちの給食準備をしていたのを覚えている。一年生とは違ってかなり自分たちで盛り付け、配膳ができるようになっていたので、最初だけ見て、

「みんな、後できるよね」

と、子どもたちに任せ、机に向かった。

「先生、忙しいの？」

「ごめんね。ちょっとね」

「食べないの？」

「後でね」

と、かわしながらペンを走らせた。いつもはこの時間に連絡帳の返信と日記や宿題を見る時間だが、この日ばかりは後回し。うーん、願書だから緊張するし、言葉につまる。そして五時間目になってしまった。この時間だけが頼りだ。音楽室に子どもたちを送り届け、専科の先生に

「今日はちょっとお願いしたい」と頼み込み、「みんな、良い子で音楽うけてくれよー」と心の中で叫び、再び願書記入を始めた。後もう少し……のところで、教頭先生との約束の時間になってしまい、教室へ来てくれたができていない。

「すみません。もう少しで書けるので、会議室で待っていて頂けますか」

と待ってもらう。そして何とかできた。教頭先生に渡すと、

「今日の五時までに、責任をもってお届けします」

とのこと。ホッと一息……。うん？　いやいや、まだ今日の保護者からの連絡帳と日記を見てなかった！　と、この日の下校までドタバタな一日だったのを記憶している。

こんなドタバタもありながら何とか受験資格を得て受験。無事、高等部入学となった。

その後、自分も特別支援学校の中学部三年の担任となった時、高等部入試に向けての保護者への願書記入の支援の際、間違いがないよう非常に気を遣い、記入の手引きのお知らせプリントを作成しながら、自分の息子の願書作成のこの一件を懐かしく思いだし、笑ってしまうのだった。

余談だが、数年後また別の特別支援学校に赴任した時、偶然にも、伊織の中学でクラスは違うが同じ学年だったという先生と一緒に仕事をする機会があった。最初は分からなかったのだが、家の場所など話していくうちに、

「えっ、もしかして伊織さんのお母さん？」

と、お互いが分かったことがあった。私はその頃、また中学部三年の担任をしていたので、ふと思いだし、

「あ、そういえば家の息子の時、こんなことがあってね……」

と、その時の事を話すと、その先生も、

「ああー。あった！　そんなことあったよね。あのとき職員室がどよめいたんだよね。特支の担任が講師の若い子だったから、よく分かってなかったらしくて、『えー？　締め切り今日じゃん』ってなったんだよね。学校の用意する書類も書いてなくて、『こっちのことは何とかするから早く書きなよ』って話した気がする。教頭も学校に届けに走ったんだけど、学校が見えてるのに入り口が分からないとかで、みんなで確かハラハラしてたんだよ」

と、同業者の特権と言おうか、あのときの学校内のドタバタも聞く機会があり、家に帰り主人と大爆笑だった。色々なところでご苦労を頂いていたのだなあ……と。

高等部入学そして寄宿舎入舎

話を戻すと、高等部入学の受験と同時に寄宿舎入舎の話が出ていた。主人の考えだった。私はその頃、健常児でも家から離れるのは高校を卒業した大学進学の頃であるし、中学を卒業してすぐに家から離すのには私自身抵抗があった。主人は「そこがいけない」と言うのだった。私といるとなんだかんだと甘えてしまうというのだった。家から離れて生活に関わる様々な事を自分でやろうとすること、家族以外の人とのコミュニケーション力を高めるためにも入れるべきだと主人は言った。

私は抵抗はあったが、よくよく考えてみれば、将来的にもこの子は家から離れての生活は今ぐらいしかないのかも知れない。それに、通学方法として、これまでは通常学校だったので自分で何時でも歩いて通うことが可能だった。学校が開いてさえいれば親の送り迎えは必要ない子だった。通学に関してはある意味手はかからなかった。しかし、特別支援学校は基本、手から手へ……の受け渡しのため、登校九時、下校三時なのだ。フルタイムで働いている私（しかもこの時すでに実父が寝たきりになり、自宅に引き取り在宅介護もしていた）の送迎は皆無。年を重ねてきた義理の父に全部頼むには、毎日の負担を考えるとあまり現実的でない。単独通学の練習、許可……といった手続きをとる必要がある。

電車、バスの公共交通機関をイレギュラーな事態に弱い伊織ができるかということと、そもそも、てんかん発作をもっている伊織に単独通学の許可が降りるのだろうか？　障がいを抱えた子の毎日の通学の送迎について、今でこそレスパイト事業が発達し、当たり前になり、障がいを持った子の母親も働いているのが普通になっているが、当時はまだそうではなかった。息子が高等部入学の頃はまださほどこうした事業所の開設は少ない時期だったのだ。通学を考えると家からの毎日の登校はあまり現実的でない。そう考え直し、受験と同時に寄宿舎入舎への希望も出すことにした。

しかし、希望を出しても入れるかどうかはその時の希望者数にもよるので、スクールバス通学の希望も合わせて出した。息子を通わせようとしていた特別支援学校は、高等部にはいたことはないが以前自分もこの学校に勤務したことがあり、何となく様子がつかめた。受験後、通学手段のこと等も加味しながら入舎決定をしてくれるだろうと思った。

受験の日は親子で学校に行き、子どもは他の生徒たちと一緒に日常生活動作やコミュニケーション面、社会性などの場面を観察され、それが受験となる。保護者は面接があり、この時、私は結構緊張し、聞かれた事や将来への想いを語るのに気持ちだけが先走り、しどろもどろで散々だった。「何やってんだ、全く……」と自分で自己嫌悪に陥った記憶がある。

一月に受験し、二月に合格通知、同時に寄宿舎入舎の決定通知が来た。決定したことで通学方法を家族で話し合い、月曜日の朝の送り、金曜日の三時お迎えを義父がその頃まだ車の運転ができたので頼むことにした。九時登校三時迎えは、教師をしている私たちにはやはり無理だった。高齢の義父に頼むのも週二回だけなら何とか頼めた。

伊織の中学担任は、家を離れて寄宿舎に入ることを知り、「よく思い切りましたね」的な言葉を学校で会ったときにかけてくれた。やはり同年代の健常児は高校で家を離れることはこのあたりではあまりなかったからだろう。とても心配してくれていた。それはそうだろう。高等部入学、寄宿舎入舎の決定が決まってから、かくして伊織の精神的不安定な毎日が始まったのだった。

四月からどんな生活になるのか、伊織は見通しが持てずとにかく不安になっていた。そういうときは常に私についてまわり、私を質問攻めにする。

「いおくんは、おうちに帰って来ないの？　おうちで寝ないの？」

「ううん、金曜日はおうちに帰って来るよ。月曜日から金曜日までは学校の寄宿舎にお友達とお泊まりするんだよ。良いね、楽しいよ」

「誰と泊まるの？」

「誰とかなあ。四月のお楽しみだね」

「朝ご飯はどうするの？」

「みんなと食べるよ。良いねえ」

「夕ご飯はどうするの？」

「みんなと食べるよ。おいしいよ」

「お風呂は?」

「お友だちと入るんだよ。楽しいね」

「お洗濯は?」

「いおくん、できるようになると良いね」

「できなかったらどうするの?」

「寄宿舎の先生もきっと手伝ってくれるよ」

……こんな感じで、たくさんの質問を不安な気持ちからし続けた。同じ事を何回も何回も納得いくまで……。ささいな事でも繰り返し聞いてきた。家でこんな感じだったので、不安定さがもしかしたら学校でも出ていたのかもしれない。それで先生も心配して声をかけてきたのかもしれない。

不安な気持ちは距離にも表れ、質問は殆ど私の肩の辺りでしていた。とうに背丈は私を超えており、私について回って腰をかがめて質問してくる。振り返るとちょうど私の肩の辺りに顔が近づいていた。夫は端から見ていて、その仕草がおかしくて笑っていた。
「チャチャ、持って行って良いの?」(チャチャとは幼い頃から大事にしていて、手ばなさない犬のぬいぐるみのことだ)
「チャチャはね、寄宿舎に持って行かないよ。家でお留守番。金曜日にいおくんが帰って来るのを家で待ってるよ」

「なんで、やだよ。やだ！」

これには、夫は「不安なんだから、安定剤にチャチャを持って行かせても良いんじゃないか？」と言ってきた。しかし私は反対だった。私といると甘えてしまうから……と言う割には……と夫を思った。ここで許したらこれまでと変わらない。変わる機会を逃してしまう。そう思った。

このぬいぐるみのチャチャは、伊織が幼い頃から大事にしていて、人には話しかけないがチャチャには言葉をかけていることがときどきある。それは小学校入学してからますます強くなった。たぶん学校生活への不安からその不安を解消するためのグッズとなっていったのだと思われる。このぬいぐるみのチャチャから伊織はいつ卒業できるだろう？　どこに行くにも放さない。放さないのがこだわりとなったと思われる。小学校には、

「チャチャは家でお留守番」

と言い聞かせて持って行かせなかった。それで我慢できた（しかし、帰宅すると真っ先にチャチャを確認していたが）。

高等部入学……今回も、私はこうした生活の変化の機会をチャンスとしたいと考えていた。

「伊織は四月からもう高校生だ。大きくなったね。寄宿舎にも入って新しい生活が始まるね。寄宿舎はお友だちがいっぱい。いろんな友だちがいるよ。いおくんの大事なチャチャくんを

もっていったら欲しがっちゃうお友だちいるかもよ。そしたらどうする？　チャチャくんは月から金まで家でお留守番していた方が安全だよ」

「……だって、でも、やだもん……」

私はその頃、帰宅すると実父の介護もしていた。ミキサー食を父（伊織の祖父）にあげているところにもくっついてきて、不安からくる同じような訴えをくりかえしていた。

「お友だちが、チャチャくんを引っ張ってちぎれちゃっても、いおくんは怒っちゃいけないいんだよ」

しばらく、同じようなやり取りが続いたが、

「チャチャくん、お留守番中は動かさないでね」

と話の内容が変わってきた。どうやら納得したようだった。寝たきりにはなっていたが実父はさほど認知症もなく、伊織と私とのやり取りを何となく理解していたようだった。ベッドの上で伊織を見つめ、静かに実父はにっこりして頷いた。こうしてぬいぐるみのチャチャは寄宿舎に持ち込まない約束が成立した。

主人が、チャチャの代わりに安定する何かを……ということからか、

「伊織、毎日、あったことを日記に書いて来い！」

と助言した。確かに、伊織はつたない文だし文法もおかしいが、書くことが好きだった。自分から相手へ話しかける、という表出はハードルが高いようだが、話すより書いた方がコミュニ

ケーションがとりやすいところがある。それに、日記に書いてきてくれたら、口が重い伊織でも学校や寄宿舎の様子が私たちにも伝わって来るはず。良いかも！　ということで日記帳を持たせて送り出した。

そんなこんなで入学した特別支援学校高等部での学校生活と寄宿舎生活は、後に伊織にとって本当に楽しい高校生活となったのだ。伊織の好きなことから活動を広げようと考えてくれる支援学校の体制は、やはり伊織にはまり、楽しく生活している様子だった。高等部となると作業学習が主になるが、片手でできる内容の作業班を先生方で検討してくれたと思う。やり方が分かれば、そうした作業は結構、根気よく取り組める方の子だったので、ストレスなく学校生活を送れていたと思う。

また、本人や父母が不安で仕方なかった寄宿舎生活だが、寄宿舎の先生方に良くしてもらい、伊織にとっては最もこの時期のよりどころとなったようだった。特に担当の先生が心のよりどころとなった様子で大好きになった。舎の先生や舎でやっていることを家に帰宅するとよく口にするようになった。

四月に入学し、一週間寄宿舎に泊まり、初めて家に帰宅した日、私たちは大喜びだった。伊織は約束通り、毎日、日記を書いていたのを見せてくれた。出来事の羅列だが、時系列に書いてあるのでおよそ分かった。句読点がなく若干読みづらさはあるが、書こうとすることが大事なので、書き方に色々言わない。習った漢字も使っているし良しとする。お風呂に主人と入ると、幼い頃から主人との間にしている「いおくん、今日は何した？」を、「いおくん、今週は何した？」版にして、主人とのやりとりをしていた。

「えっとね、まず学校に行って、着替えをしてね……」

日記に書いてあるせいか、頭の中で整理できているようで、実によく喋っていた。長い……。身体を洗ってやっている最中も喋っていた。主人は長湯が苦手なので、洗い終わると、

「良し。続きは後で」

と切り上げてお風呂を出る。伊織は後からゆっくり出てきて、続きを私や主人に話していた。

伊織は学校が終わってからの寄宿舎の生活がとても楽しいらしく、おかげさまで月曜日に学校をしぶることはなかった。むしろ楽しみにして登校してくれた。小・中のこれまでも、あまり学校の話はしないものの、学校へ行きたがらないということはない子だったので、それは私たち両親にとっては助かっていたし、

「伊織は毎日学校へ行って偉いね」

といつも話すようにしていた。伊織は恥ずかしそうに、にっこりするのだった。

学校から帰っての寄宿舎の生活は、様々な取り組みをしてくれていた様子で、伊織にとっては実に新鮮で楽しくて仕方ないようだった。お散歩、お出かけ、おやつを買いに、季節の行事等。その他に日常生活に必要な行動……布団を出す、たたんでしまう、ロッカーの整理、衣服の整理、洗濯の仕方、乾し方、食事の配膳、簡単な料理を作る等々の家にいたら私に全部頼っ

てしまいそうな事に一緒に取り組んでもらった。なかなか頑固で融通の利かないところのある伊織なので、指導にはさぞかしご苦労があったことだろうと察する。その他にも、余暇時間の使い方に様々な取り組みをしていただけ、アイロンビーズやパズル作り等にも触れ、ぬいぐるみのチャチャがいなくても、長い長い日記に時間を費やさなくても、十分安心して生活を謳歌していた。寄宿舎は原則一年の利用だったが二年生も何とか入れてもらえ、親も子も安心した生活が送れた。

二年生の一学期も終わり頃、寄宿舎利用は原則一年なので、すでに二年入れてもらっているため、来年度をどうするか？　の話が持ち上がった。利用できなくなるとまず困るのは毎日の通学だった。前述のように、障がい児の送迎、預かり事業が発達してくるのはこの後のことで、息子が在籍中のあの頃は、ほとんどそうした事業所はなかったのだ。そうするとスクールバス？　こちらも希望がいっぱいなので乗れるかどうか分からない。乗れても停車のバス停までは送り迎えがいる。

一番良いのは小・中の時のように自分で通えることだった。しかし、自宅から車でなら十数分で行ってしまうところでも、公共交通機関を使うとなると、家は不便なところにあるので大回りしなければならず、バスと電車を乗り継ぐにはとんでもなく時間もかかる。しかし、とにかく練習してみようと夏休みに家で練習を始めてみた。始めるにあたり、伊織に理解しやすいように手順カードを作った。それを見ながら主人と私とで交代で練習した。主人は楽観的で、

「覚えられるよ。できるんじゃないか？」

と……。何も起こらなければ、あるいは可能かもしれない。しかし、何も起こらない……わけがない。バス、電車の遅れ、乗り遅れ、乗り過ごし、困ったときに人や駅員さんに訴えられない、誰かに話しかけられる（伊織は知らない人に話しかけられても応える事ができない）等。しかし、ヘルプカードを作って差し出す方式にすれば読んでもらい理解してもらえそうではある。読んでもらった人に保護者や学校へ連絡を貰えれば何とか……？

支援会議が開かれた。コーディネーターの先生と寄宿舎担当教員と学校担任と私とで行われた。寄宿舎に入れないとすると、単独通学への見通しを、我が家の意見として主人の楽観的な捉えを言ってみた。

「うーん……」

微妙な空気だった。イレギュラーな事態の他に一番の不安事は、学校とすれば、やはり伊織がもっているてんかん発作だった。単独通学の練習はしてみたものの、一人で発作を起こしたとき……ということでやはり無理ということになった。自宅からの通いが難しいし、原則一年をそんなこんなで配慮してもらい、三年間入舎できることとなった。有りがたかった。

この年、私は通常学校からの異動時期となっていた。そろそろ自分の専門の特別支援教育の現場に戻りたかったため、希望を特別支援学校で出した。近くの特別支援学校は息子が通っていたため、おそらく無理だろうと思われた。それにそこには以前、第二子（妹）の出産時期に勤務していたこともあるので……。遠くの特別支援学校になるだろうと覚悟していたが、なんと息子がいる近くの特別支援学校に異動が決まった。実父の在宅介護があることなど家庭状況が配慮されたのかも知れない。大変ありがたかった。伊織には新聞で発表になるまで黙っておいた。息子と同じ学校に勤務することには照れ臭さもあったが、同じ部でなければほとんど顔を合わせることはないものだ。こうして私は伊織が高三の時、一年だけ息子と同じ学校に通うこととなった。

私はこの年は小学部に配属となった。息子の担任の先生はやりづらいかも知れないので恐縮していた。しかし、こうした事例はあるものだし、その後、同じ教員でも何人か同じような人に会った。連絡の取りやすさは大変助かった。しかし、公私はしっかり分けるよう心がけた。当然だが参観日の年休時間もしっかり報告した。良かったのは、この頃から義父が大分弱り始め、月曜日の登校送り、金曜日の下校のお迎えが難しくなってきた。登校を一緒にし、金曜日の下校時にいったん一時間の年休をとり、家に送り届け、また仕事に戻る……ということが可能になった。

寄宿舎の生活は、伊織もだが、忙しい私も随分助けていただき、繕い物や記名の名札付け等、本来親がやらなければならない物を、間に合わない場合はそっとやっていただいていた。それを見て駄目母の自分に赤面すると同時に頭が下がり、本当に感謝しかなかった。

楽しい三年間はあっという間に過ぎ、卒業の時を迎えた。皆さんにお世話になり、そうした感謝の気持ちを持てる子に……と常日頃から願っている。そうした表現ができる子になると良いが、なかなか難しい。その手段として、

「いおくん、もうお別れだから、お世話になった人にお手紙を書いたら？」

と持ちかけると、

「えー、なんで？」

と第一声はそうだったが、もともと書くのは好きなほうだったので、親はお世話になった担任の先生とかほんの二、三通と思っていたところ、伊織は、

「あの先生、この先生、あの友だち……」

等と言い出し、十数通も書くと言い出した。「そんなに？……」と内心思っていたが、放っておいた。その頃はもう、パソコン入力ができるようになっていたため、金曜日に帰省すると土日はパソコンに向かい、お手紙を書く（入力）することが多くなった。卒業式に間に合い、式後はその手紙を配って歩き、本人なりに感謝の気持ちを表せたのではなかったか……。


特別支援学校の三年間、とても楽しい日々だった。

福祉作業所へ

高等部入学後すぐに懇談会等で卒業後の進路が話題にされ始める。一学年では校内実習が行われ、二学年からは、ある程度将来を予想した希望場所へ実習に行くようになる。

伊織の進路については、幼い頃はまだどうなるかよく分からず、コミュニケーション面も改善されていくのではないかと思い、可能となるなら一般企業の障がい者雇用等の枠に入れたら……と思っていた。一般就労を目指すとなると、相当頑張らせなくてはならない。しかし、中学校あたりから伊織の様子を見ていて気持ちは変わってきた。発達段階から見ても、人とのコミュニケーション面から見ても、そもそも無理だろう。親戚の集まり等で、おじさん、おばさんは親切心から悪意はなく、良かれと思い、

「あんた、伊織ちゃんはさあ、片手が駄目だって、事務の仕事とかさあ、身体使わなくてもできる仕事に就かせな」

と勧めてくる人たちもいる。伊織の障がいについて理解は難しいだろうし、あまり説明する気にもなれない。

「はあ。そういう感じではないんですよね」

と曖昧にし、話をそらした。

親がどんなに望んでも本人に合うとは限らない。高い望みとプレッシャーをかけて、こうならねばならぬ……と接することで、自分の力以上の事をいつも求められて上手くいかず、屈折した気持ちが育つのは避けたい。

幼い頃は私も何でもやらせてみたいと思った。障がいのある子が突出した才能の部分を発揮させ、成功している例がある。幼いうちはこの子も何処に才能が眠っているかも分からないと、様々なリハビリや医療以外の訓練や音楽療法やピアノを習わせてみることもした。小学校の時は運動の機会もあればと、特設で募集された陸上クラブに強い子ばかりの練習ではないと聞いて、では息子も入っても良いのだろうか？　と問い合わせしてみたり、中学に入学した時の部活ではピアノの先生からも吹奏楽でできる部分を一緒にやらせてもらえば？　と勧められ、吹奏楽部に入れてもらえるか問い合わせしたりしてみた。どちらも通常学校の顧問は明らかに返答に困っていた。空気を察して取り下げた。

もちろん伊織が意欲的で、どうしてもやりたい……という姿があれば、私ももう少し押したかも知れない。しかし、主人が言った。

「伊織はそういうところに入って、楽しめるのかな？　望んでいるのかな？　俺は別にやらなくて良いと思う」

そうなのだ。伊織はあまり気がすすまなかったのだ。高等部で寄宿舎にいたとき、寄宿舎の希望者で太鼓クラブの取り組みがあった。学校祭等で発表していてとても素敵だった。

「いおくんも、やってみたら？」

と私は勧めた。寄宿舎の担当の先生も私の気持ちを察して入れてくれた。しかし、伊織は本当はあまり気が進まなかったのだ。

「お母さんはやって欲しいと思ってるみたいですが、伊織くん、なんかあまり気がすすまないみたいなんですよね」

と助言されたことがあった。

訓練などに出かけるのは、病院の定期検診と一緒で、伊織にとっては母とお出かけできる、一緒に私と居られるから楽しい……のだった。障がいを持った子が、ある部分の才能の開花に成功し、有名になる人はごく一部なのだ。そして伊織はそういうことを望んではいない。そう分かってからは、私はかえって自分の心が落ち着いた。

そうなのだ。伊織はそんなことは望んでいない。一般就労できることも望んではいない。自分を理解してくれる、ありのままの自分を受け入れてくれ、ゆったりと安心した生活を望んでいるのだ。伊織には、ぎすぎすした中ではなく、人との繋がりの中に温かい人間関係や思いやりを感じ、そしてそういうものを受けたり感謝できたり、返せたりする人になって欲しいと思うようになった。こうした環境の中で生活して行けた方が幸せなのではないかと。

だから高等部二年を迎えた頃には、私も、伊織の進路は障がいについて理解してくれ、伊織の特性を理解してもらえ、ある程度仕事ができて、家から通える、通所の福祉作業所が良いのではないかと思っていた。卒業後すぐに家から離れる進路は、この時点では全く考えられなかった。ちょうどその頃、実習先として学校から紹介された作業所が隣町で家から近く、条件に合っていた。そこへ何度か実習に行っているうちに、指導員の方が伊織によく声を掛けてくれ、伊織は大変なついた。伊織にはこうした自分にとって心のよりどころとなる人が必要だった。そんな人も見つけられ、送迎もつけてくれるので、毎日の送迎も忙しい我が家には心配がない。こちらの作業所も、伊織が利用者となることに特に問題もなく、受け入れを決めてくれたので、すんなりと卒業後の進路を決めることができたのだった。工賃等は他と比べれば色々あったのだろうが、とにかく我が家の生活を大きく変化させることなく、伊織も家から安心して通えることができる、という条件に実に合っていたのでラッキーだった。

学校卒業、作業所へ（一応就職ということになるか）と決まると、伊織にとって、これからは学校と違い区切りというものがなくなる。私はよく学年や学期の区切りを利用して、新しい取り組みや生活の習慣を変えることを伝えてきた。が、これからはそれが難しくなる。この卒業の時に生活の約束事をやはりしっかり決めておく必要がある……と考えた。そこで次のように伊織に説明した。

「三月に学校を卒業して、もう学校へ行かなくなるね。四月から伊織はもう社会人だね。大人に近づいてきたね。三年間の寄宿舎生活で、自分でできることがいっぱい増えたね。家に戻ってきて、せっかくできるようになったお洗濯とかを、またママにやってもらうようになっちゃったらもったいないよ。伊織は家族の一員だね。家族はね、チームなんだよ。それぞれが自分の仕事分担をしっかりやってこそ良いチームができるんだよ。伊織は家の家族チームの一員だから、社会人になった伊織にも仕事分担があります。いいね？　伊織のお仕事分担はね、

・洗濯機をまわすこと（寄宿舎でやっていたので理解しやすい）

・洗濯物を乾すこと（片手で乾しやすい位置に竿やハンガーを設置しなおして、いわゆる『できる状況作り』をしておいた）

・乾いた洗濯物を取り込むこと

・洗濯物をたたんで家族のそれぞれのカゴに入れておくこと（家族分のカゴを用意し名前をつけておいた）

・タオル、バスタオルはいつも入れる場所へ入れること

以上、これが伊織くんのお仕事だよ。パパだって、いっぱい家のお仕事やってくれるよね？　伊織もできるね？」

そう話し、最初は一緒に取り組んだ。思いの外良く飲み込み、自分でどんどんやるようになった。洗濯物の乾し方、特にたたみかたは実にいい加減だが、ご愛敬だ。目をつぶる。取り組むことに意義がある。

伊織はやがて、これは自分の仕事……と責任をもって、やるようになった。人に手を出されるのを嫌がり、うっかり良かれと思い手伝うと、手伝ったところからやり直しの行動が入る。

やれやれ融通がきかないのが面倒だが、それが伊織と認めて任せている。しっかり成澤家チームの役割を果たしながら生活してくれるようになり、実に助かっている。

ところで作業所選びの事だが、今思うと少し勉強不足だったのではないかと反省している。

作業所や施設の区分は感覚的にはなんとなく理解はしていたつもりだった。しかし、息子が通うことになったこの作業所はB型就労タイプであった。B型、A型等の就労場所の区域があることを特別支援教育に携わっていながら知らずにいた。おそらく高等部教育を体験していれば分かっていただろうが、私は勤務したことがなく知らずにいた。AとかBとか生活介護型とか区分けされたのは制度が変わった最近なのかも知れないが、おそらく保護者にはこうした施設や作業所や一般就労についての情報はあまり行き渡っていないと思われる。自分で勉強はすべきであったが、進路指導の情報提供の時にわかりやすい説明があると良かったと今思っている。このあたりは今後の仕事の中で保護者への説明に活かしていけるのでは……と思っている。

妹との関係

伊織が二歳になったとき、第二子を身籠もった。とても、とても嬉しかった。伊織の出産時の事があり、病院を変えるかどうか迷ったが、やはり何かあった時の総合病院の態勢は魅力的だったので同じ病院で産むことにした。第一子の時の辛い経験を伝えたことで、今度担当医となった女医さんは心を寄せてくれる対応を見せて下さった。この女医さんは、母親として自分の体調管理をしっかりやらない妊婦さんには厳しい人だったが、それが私には当然のことに思えたのでかえって信頼できた。伊織の時もそうだが、この病院では出産まで性別は教えてもらえず、これには私は賛同していた。どちらが生まれてくるのか、とても楽しみに日々を過ごすことができた。

勤務しながらの慌ただしい生活から、産休に入るとホッとしたが、二人目の産休は上の子がいるので大してゆっくりできないものなのだと分かった。それにこの時、未満児保育園にいた伊織に母子集中訓練を受けさせたかったり様々な理由が重なったりで、未満児保育園を止めていたと思う。また、二人目は出産が終わるまで実家に帰らず、家族で自宅で過ごすことにしていた。

産休に入るとすぐ、お腹が張る感じがでてきて動くのに辛くなってきたが、伊織はその時まだ自立歩行ができていなかったので、積極的に散歩に出して歩く必要があった。手を引けば歩くようにはなっていた。自分の運動も兼ねて散歩をよくした。幸せを感じる時間でもあった。しかし、この頃になると伊織も大分自分の意志が育ってきて、嬉しいことではあるが、妊婦の私が疲れない程度の時間に引き上げてくれないのは悩みだった。

「もうおうちに帰ろうよ」

と言っても、首を横に振り、

「やや（やだ）。あっち。あっち」

と指さし、どんどん家から遠ざかってしまう。少し強く家の方へ引っ張ろうとすると、ぐにゃりと力を抜き道路に座り込んでしまった。そしてテコでも動かない。朝九時に家を出て、一時間程度で帰ってきたいところを昼ぐらいまで帰って来られないことが殆どだった。お腹が張り辛いときがあった。検診の時、女医さんに話すと、

「貴女、体力あるわね。普通はそんな長い時間もたないわよ。感心するわ。でもお腹の張りと相談しないとね」

とねぎらってくれた。

予定日が近づくと、伊織の時の事が想い出されてやや不安になった。また同じ事が起こったらどうしよう……と要らぬ心配が頭をよぎる。だから予定日が来て陣痛が起きなかったとき、プチパニックとなった。医師に、

「今日予定日なのに……陣痛が来ないんです。上の子の時もそうで、出産が遅れて過期産になって……。だから先生、何なら陣痛促進剤を今日打って下さい」

とか何とか喋り続けたように思う。女医さんは、

「成澤さん、まあ落ち着いて。深呼吸して下さい。それから、今日はこれからお家に帰って、お風呂にでも入ってゆったりしてみて下さい」

そう言った。私は帰宅すると、言われた通り入浴した。主人が仕事から帰ってきた。すると夕方、ん？　お腹が痛い……？　痛くなってきた。定期的に痛みがやってきたのだ。かくして陣痛がやってきたのだった。

準備しておいた入院バッグを持って、すぐさま主人に病院へ連れて行ってもらった。診察室では主治医の女医さんが『ほら、言ったでしょ』と言うように、にこにこして待っていた。

「順調にやってきましたね」

診察すると、

「もう分娩台に上がって良さそうです。すぐ行きましょう」

と言われた。

二人目は大変安産だった。平成九年三月二七日、一八時四〇分頃、無事出産。女の子だった。何よりも嬉しかったのは、取り上げられてすぐに元気な泣き声を聞き、そしてすぐに見せてもらったその姿は生き生きとしたピンク色。そしてすぐに私の胸に連れてこられたあの子は両手

をしっかり動かしていたことだった。この時、伊織が生まれた際の泣かずに全身真っ黒（血の気のない海老色とでもいうか？）でぐったりしたあの悪夢のような光景のトラウマが溶けていくように感じられたのだ。

名前は主人が考えに考えて『智織』と名付けた。伊織に智織……私も大変気に入った。智織の出産は家族に幸せを運んでくれた。

私は退院して一週間ぐらいは娘と共に実家に戻った。この間、伊織は主人側の祖父母に預けた。近所なので夜は主人といたらしいが……。初めて妹と対面したときは、前にも書いたと思うが、伊織はびっくりして逃げていってしまった。娘と家に戻り家族四人で生活し始めると、

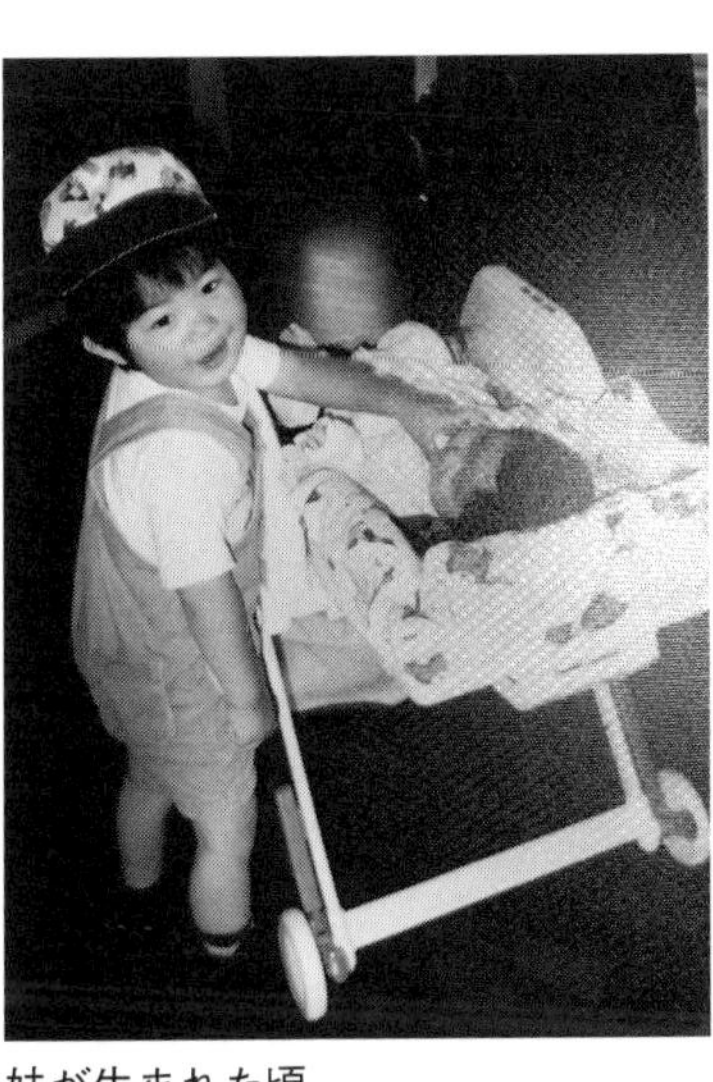

妹が生まれた頃

伊織も段々と妹の存在に慣れてきたようだった。私に抱っこされているところを恐るおそる覗きこむようになり、寝かせてあると、少しずつ近づいてきて顔を覗いてはにこにこするようになった。

伊織は気が弱いのか、智織がお腹が空いたり眠くなったりして泣くと、その泣き声を聞いて悲しくなってしまうらしく、一緒に泣き出してしまうのだった。これはしばらく続き、声をた

て泣かなくなったなぁ……と思ったら、顔だけを布団の中に入れたり顔を伏せたりして、妹が泣いている最中は『ぼくはいません。知りません』的な態度をとり、私たちを笑わせてくれたものだった。

健常児として生まれた妹の成長は、私にとってもその動きに驚くことも多かった。伊織は大人しかったから……。「えっ、こんなところにも上っちゃうの?」とか探索行動の幅広さにも驚かされた。キッチンの戸棚にしまってあるものなど全て出して遊んでいた。危険がなければ私も台所仕事をしながら見ていて好きにさせておいた。伊織は智織のその腕白ぶりを面白がり一緒についていき、嬉しいときにする左手をぱたぱた振りながら、

「ちゃーちゃん(おかあさん)ほら、ちいちゃん。ほらっ」

と知らせてくれるのだった。

伊織は病院受診やリハビリ訓練があったため、必然的に妹も一緒に病院へ連れて行っていた。まだ動き回らないうちはベビーカーに座らせておけば、伊織もそれを押したがり、病院内を歩くにも歩きやすかった。しかし、智織が動き始めると一人で二人連れて歩くのになかなか大変になってきた。

「いおくん、お兄ちゃんだからね、おにいちゃん、お願いね」

の言葉をどれくらい理解していたかは分からない。伊織は返事もせず、知らん顔していたようでもあった。しかし、案外気にしてくれているんだな、と思ったことがあった。

智織が一歳と少しぐらい、伊織が三歳と少しぐらいの時だったと思う。受診と訓練が終わり帰ろうと思ったが、外は雨降り。結構な降りだった。駐車場までは距離があり、二人連れて行くうちに皆濡れてしまいそうだった。玄関に車を持ってきた方が良さそうだった。でも待てるだろうか。大分聞き分けが良くなってきた伊織はともかく、チョコチョコ動き回りまだ訳が分かっていない智織が……。雨はすぐにはやみそうにない。

「いおくん、ママ、車を玄関に持ってくるから、ちいちゃんを見ててくれる？　どこかいかないように、ここで一緒に待ってて」

と頼んだ。とても心配そうな顔をした伊織だった。とても心配だったが、私は急いで駐車場に車を取りに行った。車を玄関に横付けし急いで戻ってみると、伊織がチョコチョコと動き回ってしまう妹の智織を必死な顔で左手だけで抱きかかえて待っていたのだ。お兄ちゃんの顔になっていた。

「いおくん、ありがとう。頑張ったね」

と言うと、本当にホッとした顔になったのが印象的だった。

似たようなことで忘れられない場面がもうひとつあった。諏訪の医療センターにもかかっていたことがあった。ここを受診、訓練後、当時、特別支援学校に勤務していた私は重度重複学級を担任していた。教え子が短期集中訓練にこのセンターに来ていた。もう小学生なので母子ではなく一人で入所していた。丁度、息子も受診して訪れたので、その児童に面会していくことにした。子どもたちも一緒に。

その子は重度重複生のため、歩行はもちろん坐位等はとれない。私はいつも学校や訪問教育の時のようにその子を抱っこしながら話しかけた。すると、ここで思わぬ事態が……。二歳近くなっていた娘の智織が顔色を変えたのだ。急に不安そうな顔つきになった。おそらく『私のママが、なんで他の子を抱っこしてるの？』的なことだったのではなかったか……と思っている。

今にも声を出して泣きそうな顔になった。『しまった……』と思った。教え子に会うことは説明したが、伊織はなんとなく理解したようだが智織はまだ理解出来なかった様子。その女児を抱っこしていたので、

「ちいちゃん、大丈夫だよ」

とは言っても、すぐに駆け寄ることはできなかった。そこでとっさに、

「お兄ちゃん、ちいちゃんをだっこしてあげて」

と言ってみた。すると、伊織は急いで智織を左手を広げて抱きかかえたのだ。智織は泣かずに収まった。この時も伊織の顔は間違いなくお兄ちゃんの顔だった。

時は過ぎ、伊織も智織も大きくなっていった。特に智織は大きくなっていった。お喋りをよくし、近所を一緒に散歩していると、出会った大人に大きな声で、

「こんにちは」

と挨拶できる子だった。話しかけられると下を向いてしまう兄に代わり、

「仕方ないなあ。ちいちゃんが話してあげるよ」

と会話をしてくれた。智織は幼い頃は特に社交的で、保育園でも、私が知らないお母さんと顔見知りになっていることもあった。私立保育園だったため地元以外のところからも入園していた人たちもいて、結構離れた場所の店でも、

「あら、ちいちゃん、お買い物？」

などと声を掛けてくる人もいた。『誰だろう？』私がドギマギしている顔をよそに、

「ああ、〇〇ちゃんのお母さん、こんにちは。うん、ママと来たの」

と話していることもよくあった。

　家にかかってくる電話を伊織は絶対にとれなかった（それは大人になっても変わらない）。智織が代わって出てくれた。智織は段々と兄を追い越していった。智織は兄である伊織を、

「いおくん」

と呼ぶ。「お兄ちゃん」とは呼んだことがない。別に呼び方をどうこういうつもりはない。私たちもつい「いおくん、ちいちゃん」と呼んでしまっていたこともあるだろう。智織は伊織を兄だと分かっていた。が、「お兄ちゃんなのになんで……？」という想いも芽生え始めた幼年期だった。私は智織に、兄について、

「お兄ちゃんはね、生まれる時に怪我をしてしまったんだよ。その怪我は治らない怪我なの。家族がまず、分かってあげようね」

と話したように思う。

兄妹、差がないように育ててきたつもりではいる。しかし、子どもの感じ方はそれぞれだ。幼い頃、明るく屈託のない社交的だった智織も、やがて学童期を迎え、友だちとの関係の中で、様々な感じ方の中で、感受性の強い智織は次第に難しい時期を迎えることとなった。差はないように育てたつもりではあるが、実際、伊織には手がかかった。しかし病院通いも、智織が寂しくならないよう一緒に連れて歩いた。だが、どうしても智織は、

「いつも、いおくんばっかり……」

という想いがどこかにあった様子だった。これは少し大きくなって思春期・反抗期を迎えてから、言葉の端々に出してくるようになった。幼い頃は言えなかったのだろう。

智織の小学校入学は、自分の通常学校の一年生担任と入学式がぱっちり重なってしまい、どうしようもなかった。担任不在の入学式などあり得ないし、校長にも、

「それは諦めて下さい。ご主人とカバーしあって。私もそうしてきた」

と言われたし、自分も当然だと思った。主人も、

「こういう仕事をしていれば、あり得る事だから仕方ないさ」

と言った。主人の学校の入学式も重なっていたし、入学学年ではないが新学期初日に担任がい

ないわけにいかず、こういうときはやはり義母だった。子どもたちもおばあちゃんが大好きだった。

私は入学式には行ってやれないが、『お母さんとちいちゃんは、はなれていてもいつもいっしょだよ』というコメントを入れた二人の写真をお守り代わりにランドセルに付けて娘に説明した。こうした写真入りのお守り的な物はやはり小学校入学の時に息子にも持たせた。いつも忙しくて帰りも遅い母のせめてもの心の絆として……。

「ママ、ちいちゃんの入学式、行けないけど、ここにいつもいっしょだからね。おばあちゃんが行くからね。ごめんね」

と言うと、智織はコクンと頷いた。そして目から涙をこぼした。声もたてずに……。それがまた私には辛かった。娘も辛かっただろうが……。『ごめんね』私はもう一度心の中で呟いた。入学式の朝は買っておいた可愛い子供用礼服と、髪の長かった娘を可愛い髪結いをしてあげ、おしゃれにして送り出すのが精一杯だった。

入学式が終わったその日の夜か、日を変えてのある日か、記憶は定かではないが、智織と二人だけでレストランでの食事会をした（息子にもしていたが、母を独占できる時間として）。

参観日は自分の学校の行事や外せない授業と重ならない限り、なるべく行くようにはした。

運動会は大抵重なった。子どもたちが小学校時代の運動会の日は、私にとって大変慌ただしい一日だった。当時、お昼は家族とお弁当を食べる習慣となっていた。だから前日、自分の学校の前日準備をして学級の出番に落ちがないか確認し、その後、自分の家庭のお弁当の買い出しへ。家に帰って夕食の支度や子どもたちの世話をしながら、下ごしらえ。終わらない場合は家族が寝てからもして、そして朝四時起き。お弁当作り開始。運動会競技は祖父母に見てもらうとしても、お昼には私や主人も駆けつけるために家族全員分のお弁当を作る。

起きてきた子どもたちに食事をさせ、

「お昼に行くから頑張ってね」

と伝え、六時半頃、子どもたちの学校へ行き場所とりをして、祖母が分かるように目印を置いておく。祖母宅に行き、場所取りしたところの説明とお弁当を届け、

「今日はよろしくお願いします」

と挨拶。そして自分の勤務校へ。自分の車がすぐに出入りできる場所をとっておく。自分の学年の競技が成功するようにドキドキしながら参加。午前中の競技が終わったら、クラスの子どもたちに、

「さあ、家族の人とお昼を食べておいでね。○○時に座席集合ね」

と指示を出したら、私も駐車場に走り出す。車を出したら、空いたところに他の保護者に車を停めてしまわれないようカラーコーンでガードする（これは先輩女性先生に教わった、時間との戦いの中でお母さん教師にとっての大事な戦略なのだ）。車を走らせ子どもたちの学校へ。到着すると大体お昼はもう始まっている。主人は年によって来れる時もあれば来られない時も

郵便はがき

料金受取人払郵便

大阪北局
承認

6123

差出有効期間
2023年5月
31日まで
(切手不要)

553-8790

018

大阪市福島区海老江5-2-2-710

㈱風詠社

愛読者カード係 行

ふりがな お名前		大正 昭和 平成 令和 年生 歳
ふりがな ご住所	□□□-□□□□	性別 男・女
お電話 番号		ご職業	
E-mail		
書名		
お買上 書店	都道府県 市区郡	書店名 書店
		ご購入日 年 月 日

本書をお買い求めになった動機は？
1. 書店店頭で見て 2. インターネット書店で見て
3. 知人にすすめられて 4. ホームページを見て
5. 広告、記事（新聞、雑誌、ポスター等）を見て（新聞、雑誌名 ）

風詠社の本をお買い求めいただき誠にありがとうございます。
この愛読者カードは小社出版の企画等に役立たせていただきます。

本書についてのご意見、ご感想をお聞かせください。
①内容について

②カバー、タイトル、帯について

弊社、及び弊社刊行物に対するご意見、ご感想をお聞かせください。

最近読んでおもしろかった本やこれから読んでみたい本をお教えください。

ご購読雑誌（複数可）	ご購読新聞 新聞

ご協力ありがとうございました。

※お客様の個人情報は、小社からの連絡のみに使用します。社外に提供することは一切ありません。

ある。

「あ、ママが来たよ。理恵子さん、沢山作ってくれてあるに……。さあ、食べな」

とおばあちゃん。輪に加わり、子どもたちの競技の話を聞きながら自分の作ったお弁当をかき込むように食べる。勤務校に戻る時間を逆算すると、せいぜいそこに居られるのは十数分程度。

「じゃあ、いおくん、ちいちゃん。そろそろ行くね。午後も頑張るんだよ」

と手を振り家族のお弁当の輪を離れる。車に駆け足。自分の勤務校へ急ぐ。カラーコーンでガードしてあった駐車場に無事滑り込み、駆け足で学級の子どもたちの座席へ。自分が言っておいた集合時間に間に合わせる。そして何食わぬ顔で、クラスの子どもたちへ午後の競技の指示をだす。運動会が終わり片付けが終わり、勤務校の運動会慰労会の頃には毎年ヘロヘロになっていた。それでも子どもたちに寂しい想いはさせたくなくて、この十数分間のために運動会の日は、私にとって時間との戦いの日なのであった。これを伊織の六年間プラス智織の卒業までの二年、計八回行い、最後の年は娘の卒業も想い、自分でも感無量だったのを覚えている。

（卒業式は何とか一日ずれてくれ、幸せにも出席できたのだ）

どのような努力をしても、子どもたちへの伝わり方は色々だ。比較的おっとりしている伊織はともかく、感受性の鋭い智織にはなかなか難しさがあった。小学校六年生頃から、思春期というかいわゆる反抗期が始まり、私を悩ませるようになった。この頃になり、

「ママは私の入学式来なかった」とか、「私の入学写真にはお母さんは写ってない。おばあ

ちゃんだもん」と、入学式に行けなかったことを言うようになった。「いおくんばっかり」や「どうせちいちゃんは……」とか言う言葉が増えてきた。言葉も乱暴になり、何か注意しようものなら、

「うるさい」

「ママ、うざい」

と、今時の子が使う言葉を連発。ため息の毎日。伊織の訓練に病院受診したとき、担当医師についでに妹の今の状況を相談するとなもなしに口にすると、

「お母さん、それ、普通の発達ですからね」

とバッサリ。そうなのだ。伊織にはこうしたところがなかった。もともと性格的におっとりはしている子だとは思うが、乱暴な言葉遣いや私がいやがる事をあまりしない子だった。反抗期と思われるほどの反抗期はなかった。こういう子が上の子だったので、下の智織の態度に驚いていた自分がいた。しかし、むしろこうした普通の発達段階を示して成長していてくれる娘を喜ばなければ、それだけのエネルギーを智織は持っているのだから……と思うことにしてはいたが、腹は立っていた。

智織も思春期に入り、自分の兄は友だちのお兄さんたちとは何だか違う。友だちとの関係やその中でこういう兄の存在をどう受け止めて良いのか、どう説明するのか……等、悩んでいたことは想像できる。

家の中でも、

「ママ、いおくんに甘すぎない？」

とか、

「なんで、いおくんは良いの？　いおくんにだって、駄目なものは駄目って教えなきゃ駄目でしょ」

と、もっともらしい厳しいことを言うようになった。何の場面か忘れたが、

「それはそうだと思うけど、理解の段階や、伝え方ってある」

と、私は伝えたように思う。思春期、色々な場面で智織は常にイライラしていた。イライラが伊織に向けても態度で表すこともあった。

「こっち来ないで」

という意地悪な言葉を投げかけたり、部活のお迎え等の時、

「いおくんは、連れて来ないで」

と言ったりすることもあった。二人とも中学生だった頃、何をイライラしていたのか、よせば良いのに、智織は伊織の大事にしていた犬のぬいぐるみのチャチャを蹴ったことがあった。普段おっとりしていて穏やかな伊織だが、自分の大事にしているチャチャを目の前で蹴られるとパニックになった。

「なにするんだよ、ウオーっ」

と叫びながら智織を追いかけ始めた。もちろん智織の素早さに伊織が追いつくはずはないが、伊織の怒りは収まらず、家の中で追いかけ回すのを何かがあってもいけないので、私は伊織を抱きかかえ、よしよしと身体をさすりながら落ち着かせた。泣きじゃくりながら長い時間掛けてようやく終息したことがあった。こうした伊織の姿は初めてだった。めったにない。さすがに智織もびっくりした様子だった。悪かったと思った様子だった。以後絶対にしなかった。

智織が高校一年生で伊織が特別支援学校高等部の三年生だったとき、子どもたちは少し大きくなり手が離れてきてはいたが、今度は実父の介護の真っ最中だった。寝たきりになっていた父を嫁ぎ先が理解してくれ、嫁ぎ先の家に引き取り在宅介護をしながら仕事も続けていた。

智織は高校生になると、夏は自分の自転車で通ってもらえたが、冬は道路が凍り危険なために、朝の一本しかないバスか乗り遅れると自家用車で送るしかなかった。伊織の特別支援学校への送迎を義父に頼んでいたが、義父の認知症が進行しそれができなくなったとき、朝、実父介護をした後、二人を学校へそれぞれ送り届けた後、出勤しなければならない期間があった。とはいえ、その頃私は以前いた特別支援学校に二回目の赴任となり、なんとその学校の高等部に伊織がいたので一年だけ親子が同じ学校にいたのだ。だから父の介護、義父の認知症の進行等家族に色々あったが、息子と同じ学校に居たことで少しは都合が良いこともあった。

そんな冬のある日、全員が何かと遅くなり時間に間に合わなくなったことがあった。特に伊織は動きがゆっくりで行動に順番があった。しかも、その日、伊織は朝の排便が出ずにトイレにこもってしまい遅くなった。もう間に合わない。私は職場へ少し遅れることを連絡。ようやく乗って走り出した車の中で智織は兄の伊織を責めた。

「もう、いおくんが早くしないから……」

と、意地悪な言葉を幾つか並べて責めた。伊織は顔つきが曇って悶々としていたようだったが、まだこの時は何も言い返さなかった。

「そんなことより、智織、担任の先生に遅れること連絡しておかないと……」

と言うと、

「今、しようと思っていたんだよ」

と、スマホを出して電話しはじめたその時、突然、伊織が大声で怒鳴り始めた。

「なんでいおくんだけがいけないの？　ちいちゃんだって遅かったじゃない。いおくんだけがわるいんじゃない。なんで？　なんで！」

と止まらない。電話の最中だから「しぃー」というゼスチャーは分かっていても興奮していて伝わらない。電話の向こうの智織の担任には声が筒抜け。こういうときの空気は読めない伊織だ。智織と私は困り果てた。とにかく智織はわめき散らす伊織の声を後ろに聞きながら、

「は？　どうした？」

と聞き返しているらしい担任の先生に向かって、

「すみません。あの、ちょっと……遅れます。お　く　れ　ま　す」

と繰り返してから慌てて電話を切った。伊織はまだ同じ台詞を繰り返していた。智織はむすっとしたまま学校近くで車を降りた。

「いおくん、分かったよ。もう止めようね。分かったよ」

と学校へ向かいながらなだめた。

後で時間が空いたとき、私は智織の高校の担任に、今朝の電話の件で、息子の障がいのこと、娘のとった態度のことでパニックを起こしていたことを説明し詫びた。

「何があったかと思いました。そうでしたか。了解しました」

との返事だった。智織は高校に入り、兄のことをあまり知られたくない様子だった。中学は小学校の仲間がそのまま進級する一村一校の中学なので、皆、兄のことは知っていただろう。高校は新しい仲間と出会い中学とは違う。親としては、兄のことを隠すことなく、ありのままの家族とありのままの自分を受け入れ、堂々としていて欲しいと願っていた。兄のことを何か言う人があれば、その人はそういう人なんだと思えば良い。そんな強さを持って欲しいと思った。見てくれをどんなに繕ってもそれは表面的なものである。堂々とすることで真の友人もできよう……。見てくれや表面的なことばかりを気にするように思え、そのことの方が私には気になった。

しかし、この時点では、娘はまだそんな段階ではなかっただろう。自分もそうであったが物事の大切さや生き方において何が尊い生き方か、気付いていない者に、どんなに説明したところで気付けない。自分もそういうところがいっぱいあったし、これからもそうであろう。だからこれからも学び続けたいのだ。今後も娘にどのように伝えて行くのかが親としての自分の役割なのであろう。が、なかなか伝わらない……。伝え方の下手な自分がいる。

しかし、しっかり伝わっているな……と思うことも一つある。それは幼い頃から、私はおじいちゃん、おばあちゃんを大事にするよう伝えてきた。共稼ぎをする中で、祖父母の助けはどんなにありがたいか、お世話になっている祖父母に感謝し、『親に口答えしても、おじいちゃん、おばあちゃんに口答えするようなことは絶対にいけない』と伝えてきた。智織は祖父母に対して見方が優しい。反抗期も大人になった今もそれは変わらず、優しく接してくれる。それは本当に偉い……と思う。

いつか高校の個別懇談会で、普段反抗ばかりしていて親の話を聞き入れない娘が担任の先生の前で黙って聞いているのを見ながら、私がここぞとばかりに、担任の先生に娘の日頃の生活態度や心配なことを言いつけたことがあった。すると担任の先生は首をふりながら、

「お母さん、智織さんはそんな子じゃありませんよ。実によく物事を考えて、とても気遣いのできる子です」

と言われてはっとした。もっと信じてあげなければいけなかったのに。若い男の先生に反省させられた。とにかく高校生になると、中学の頃に比べれば段々と娘の情緒も落ち着いていった。伊織に対しても、だんだんと優しく接してくれるようになっていった。

都会への大学進学が決まり、アパートを探しに行った時、今後の進路をめぐり大喧嘩となったことがあった。卒業後の就職場所、どこの地で就職するかの話題が発端だったと思う。祖父母は古い考え方で、長男の伊織があのような障がいがあり家を継げないとすれば、当然家の跡取りは智織だと思っている。私も主人もできれば帰ってきて欲しいと願っている。しかし、娘にはそれが重いのだ。それはそうだろう。とにかくこの時、その問題をきっかけに結果として娘と様々な事を話し合えたことも事実だ。娘には、

「ママはいつも正しいよ。正論だよ。でも、私は、正論が聞きたかったんじゃない。答えが聞きたかったんじゃない。ただ話を聞いてもらえばそれで良かったんだよ」

と言われた。突き刺さるような言葉だった。自分がかつて自分の母親に抱いた感情だった。私の母は親戚からも「やりての女性」として聞いていた。私はとろくて母によく叱られた。一つ言い返すものなら、十倍になって返ってきた。だから、そのうちにあまり話さなくなった。それと同じ事を私は娘にしていたのだろう。

「悪かったね。ごめんね」

と私は素直に謝った（実母は私にこうして謝ることはなかったが）。でも、私たち両親や祖父母の気持ちも伝えた。「貴女は貴女一人だけでできていない」ことは伝えておきたかった。

その後、智織は家から離れ、帰省する度に一皮むけた感じを受けた。祖父母にも私たちにも、そして伊織にも大変優しい気遣いを見せてくれるようになった。色々話し合いができるように

なった。兄妹でラインの交換もしているらしい。句読点のない、文法のめちゃくちゃな文章を智織は思いやりを持って読んでくれているらしい。智織は私たちや伊織の誕生日にプレゼントをくれるようになった。伊織は智織の帰省を心待ちにしている。どこかに旅行に行くと智織にはお土産を買ってくるようになった。帰省している時、私が感情的に伊織を叱っていると、

「ママの説明の仕方がいけないと思う」

とまで言うようになった。

「あの子なりにしっかりしてきたね」

妹と犬のチャチャの散歩

と主人と話し合うことがある。智織なりに兄を心配し、自分がどう生きたら良いか悩んでいるに違いない。

　娘はしばらく『自分探し』が必要らしい。自分が何者になるのか？　何者になれるのか？　あるいは何者にもならない生き方をするのかも知れない。どんな生き方をしたいと思っているのか？　しかし、私たちは信じて見守ることだ。それしか私たちにはできない。信じて出した答えを受け入れられるよう、私も子離れしなければ……と思う。智織の人生は誰も代わってあげられない。責任をもってあの子はあの子の人生を歩まなければならないのだ。

祖父母たちと伊織

伊織には、祖父母が当然ながら四人いる。私側の祖父母と主人側の祖父母だ。伊織が育っていく環境の中に、この祖父母たちの影響や協力は欠かせない。そして、このどちらの祖父母にとっても伊織は初孫だった。両家の喜びと期待に溢れた初孫だったと思う。特に嫁ぎ先では、まだこの頃、跡取りとして男子の出産を願う傾向にあり、その期待は大きかったと思われる。だから、生まれた子が男だったと聞いて嬉しかったと思われる。出産時にあんなことがなければ……手放しで喜べたであろう。男の子ではあったが、障がいを抱える子である。それがどういうことであるのかは、当時は障がい者理解という面でよく分かっていない両家の祖父母たちは、本当に何がなんだか分からなかったであろう。出産がどうも上手くいかなかったらしいこと、赤ん坊に心配なことがあるらしいことぐらいは分かっていたと思う。出産直後、実母はただただ実の娘である私の身体を心配しておろおろしていた。

伊織の生まれた頃は四人の祖父母たちは健在だった。この祖父母たちと伊織について、一番最初に別れが来た、私の実母のことから記していこう。

《母について》

私の母は、先にも述べたかと思うが、私にとってはなかなか大きな存在だった。大きな……の中には、ある時期までは躾に厳しくある意味怖い存在でもあった。同性なので思春期はぶつかることも多かったと思う。母は主婦だったが、家計を助けるためにパートで色々なところへ出て働いていた。学習意欲の高い人で、関心のある社会ニュースやそれに対する感想などを思いついたところへメモする人だったようで、遺品整理の時、あちこちからメモがでてきた。社会活動にも関心が高く、生活改善の活動や女性の地位向上の学習会にも参加していた様子だった。

母は一番最初の子を不幸にも事故で亡くしていた。家の前にあった池での溺死だったそうだ。二歳にも満たない可愛い盛りだった。様々な要因が重なった中で、目を離した自分を責めて半狂乱となり自殺してしまいそうなので暫く目を離せなかったと、父から私が高校生になった頃に聞いたことがあった。母に反発心の強かったその頃、そのことを聞き、少し母の人生という一端に触れたように思い、その哀しみを思うと同情した。

夜中に時々、母の大声で発する寝言、

「助けてー。誰か。助けてくださーい」

そう叫ぶ寝言（知らなかったときは気味が悪いと感じてしまっていた）の意味が、その事件と関係しているのではないかと察することができたのもその時だった。こんな体験をしているせいか、とても神経質に子どもに接することになったのではなかろうか。守りたい一心から、口うるさくなってしまう。それが子どもとの関係を悪化させてしまうこともある。

しかし、真にその哀しみに寄り添えたのは、自分の子が生まれた時だ。この愛おしい子が突然、死んでしまったら……。その時の母の気持ちを思うと心が痛くなるのを感じた。母は哀しみを知っている人だった。だから多くの人に気を遣う人だった。親戚にも知人にも。そして色々学習したい人で、農村婦人の学習会や生活改善グループの活動など色々活動していた。だから意外と顔が広かった。

農家では夏野菜が採れる時期にはたくさん採れ、食べきれずに無駄にしてしまうのをもったいないと思い、食べきれなかったキュウリやナスを塩漬けにして保存する。秋や冬にそれを出してきて塩抜きし、細かく刻んで昆布などと一緒に特製のたれに漬け込み、かわり福神漬けとして漬け物を開発したことがあり、地元テレビに取り上げられたこともあった。その時の特製のたれをどうやって作ったのか、残念ながら私が学んで受け継ぐ前に母は逝ってしまい、今から思うと本当におしいことをしたと思っている。

その頃は忙しさにも追われ、あまり興味が持てずにいた私。しかし、自分も年を重ねてみると、不思議と母がしていたことに興味をもつようになってきた（余談だが、五十五歳を過ぎ生活に時間がとれるようになってから茶道に興味を持ち習い始めたのだが、何と母もやっていたらしく、お稽古用の道具がでてきた。若い頃は反発していても、どこか似てくるものなのか?）。母の顔の広さを思い知ったのは、母が体調を崩して入院したときや母の葬儀の時だった。見舞客や焼香に訪れる人の多さに驚いた。

母が体調を崩し始めたのは私が大学を卒業し福祉施設に就職してから暫くした頃だった。どうも不調を訴えるようになったため受診した。最初は肝臓癌の疑いだったが、よくよく調べてみると、若い頃に手術を受けた際、輸血が必要となり、それが原因でのC型肝炎の発症だった。その際の手術は、母が第一子を不幸な事故で亡くした後、不妊症となり子どもができなかったらしく、それを治すための手術だったらしい。その時の輸血が原因となったのだ。今は大変よく理解され一般的な難病となってきたが、約三十年前はそうでもなかった。とにかく長い闘病生活が始まった。

その最中に父が脳梗塞で倒れた。母は闘病生活を送りながら父の介護をすることになった。幸い父はこの時は一回目の脳梗塞で、麻痺はさほど目立たなかった。この生活の最中、私は教員採用試験に挑戦して合格し、家を離れることとなった。教師になってしばらくしてから、父は二回目の脳梗塞で倒れ、今度は右半身に麻痺が残った。母の介護に負担も増した。私も家族のこんな状況の中で自分の身の振り方を考え、結婚を決断したのかもしれない。

娘の結婚、出産となり、実家の両親も幸せを少しは感じてもらえた期間ではなかったか。しかし、初孫である伊織には後遺症が残ったが……。母はそのことに心を痛めていたとは思うが、出産後、里帰りしている最中は大変嬉しそうで、笑顔が多かった。伊織が様々な管から外され、実家に戻ったときは大喜びで迎え、抱っこしながら、

「ほら、いい顔で笑ってるよ。大丈夫。右が弱いだけだ。どこも変わりないよ」

と伊織をあやしていた。私は複雑な思いで聞いていた。私は初めての子で、激しく泣き始めると何で泣いているのか分からず、どこか痛いのかと服を脱がしてみたり母乳をあげてみたりした。でも泣き止まないのでおろおろしていると、母が入ってきて、

「かしてみな」

と伊織を抱き上げ、あやしながら少し揺すってあげているとピタッと泣き止み、すやすや眠りに入った。

「ぼくちゃんは、眠くて泣いていてただけでちゅよねー！」

と、どや顔で私を見た。さすがです。参りました！

伊織の出産で起こってしまったことで、孫が障がいを抱えることになることを本当に申し訳なく思った。伊織の身に起きたこと、今後、後遺症が残って障がい児となることを手紙で説明した後、両親は特に態度に出すこともなく、平静に接してくれた。母は新聞の記事の中に障がい児の教育に関する記事を見つけると切り抜いて集めておき、私が実家にきた時に、持たせる荷物の中にさりげなく入れておく……などしてくれた。

母は難病を患っていたが、父の介護もしていた。見た目には何ともなく見えたが、実際には身体が不自由な父より容体は深刻だった。しかし体調をみて、私が仕事復帰後、子どもが熱をだしたり入院したりしたとき、母が昼間の付き添いをしてくれた。これは本当に助かった。

「伊織が小学校入学ぐらいまでは生きていたい……」
と言っていた母だったが、もうすぐ入学というとき逝ってしまった。

《父について》

私の父はサラリーマン（ＮＴＴの前身、電電公社職員）であったが、兼業農家で週末は農家になっていた。農作物を育てるのが好きな人ではあったが、兼業で休みにも仕事で大変であったろうと今は思いやれる。子煩悩な父親で私の話をよく聞いてくれ、私は父親っ子だった。父の後を付いて歩いていた。父はＮＴＴを退職後、農業に専念したが、無理をしたのかすぐに脳梗塞で倒れてしまい身体が不自由になってしまった。伊織が生まれた頃には二回目の脳梗塞を患い、完全に右半身麻痺になっていた。しかし、まだ杖をついてゆっくりと歩けてはいた。また「ラクーター」という電動の乗り物に乗って近所を移動したり買い物をしたりできていた。

身体が不自由であっても、孫を抱っこしたがり、母に腕の中に乗せてもらいながら嬉しそうに声をかけ、あやしていたのを覚えている。そしていつも、
「大丈夫だ。伊織は大丈夫」
と、根拠のない自信を呟くのだった。しかし、父のこの「大丈夫、大丈夫」という根拠のない自信のつぶやきは不思議と私を安心させてくれたものだった。

伊織の身体がしっかりしてきて立てるようになると、「ラクーター」の自分が座っている前

に伊織を立たせて乗せ、近所を散歩してくれた。伊織もとても気に入り、実家にお泊まりした日は、自立歩行ができるようになると、朝早いおじいちゃんの散歩時間に合わせて自分も起きだし、乗せてもらっていた。何かあったら……と心配したが、伊織はいつもご機嫌で帰ってきた。

伊織が小学校高学年ぐらいの時だったか、父は再び倒れた。三回目だった。もう動くことはできなくなった。施設を嫌がり実家に帰りたがったが、一人で帰すわけにもいかず、あちこちの施設を転々としていた。私は在宅介護を決意し、主人と嫁ぎ先に相談し、了解を得て自宅での在宅介護に踏み切った。父もそれを望んだし、私もそうしてやりたかった。

子どもたちは妹の智織が小六、兄の伊織は中二だったと思う。私も仕事を続けていた。訪問介護、訪問医療、昼間のデイサービス、通知表記入シーズンは短期のショートステイ、使えるサービスは全て使って乗り切った。在宅介護は八年ほど続いたので、子どもたちも二人とも随分大きくなった。当然だが年老いた父は年々弱っていった。

伊織はおじいちゃんのおむつ用の新聞紙たたみや清拭布たたみを自然に自分の仕事として手伝うようになった。帰宅すると、窓の開け閉めやカーテンを閉めてくれるなどしてくれた。ただ会話は苦手で、おじいちゃんに話しかけられても話すわけではなかった。だが「おーい、おーい」とおじいちゃんが呼んでいるのを知らせに来てくれた。またデイサービスに行く日にお迎えが来ない……というトラブルがたまにあると、先に仕事に行ってしまっている私に、

「おじいちゃんのお迎えがこないよ」

と連絡をくれることもあった。私は慌ててケアマネージャーに連絡をとり確認することができた。なんだかんだと父の介護生活に参加してくれていた。

　父は伊織が二十一歳になったとき、この世を去った。たまたま私が居る時間、私たちに見守られながら息を引き取った。智織は大学生になっていて家を離れていたが、息を引き取った直後に電話で知らせた。父を引き取らせてくれて、介護させてくれて、主人や主人のご両親には言葉に尽くせない感謝を感じている。

《義父について》

　義父は農業を学び、家業の農業を継いだようだ。寡黙な人で口数の少ない人だ。だまってどんどん仕事をする人だった。義母がよく、

「おとうさん、まあ、仕事が早いだよ」

と言っていたのを覚えている。

　稲作の他に、ハウス栽培で花や野菜の苗を栽培、出荷していたようだ。先代の時代には何か大きく商いをしていたとも聞く。表現は下手で無口だが、人のことをとやかく言わない心優しい人なのが分かった。私の実家への気遣いもしてくれる人だった。だが男尊女卑的風習を重んじるところもなきにしも非ずで、また口数が少ないので嫁に来た当時はどんな会話をして良い

やら、慣れない時は気を遣った。私たちの両親の頃はまだ家を継いでいってもらいたい、という考えが強かった。主人は一人っ子だった。この成澤の家を継いだ大事な子だった。その後を繋げる孫は？　やはり男の子が良いと思っていたのも当然だ。男の子だったが……。無事に生まれなかった。それは本当に私にとっても両家の両親に申し訳なかった。

伊織を出産して間もなくたった頃、義父が農業新聞の一部分を切り取って渡してきた。読んでみなさいと言うことだと思う。主人が先に読んでいた。そして新聞紙入れに捨てた。

「別に読まなくて良い」

と言った。不思議に思ったが授乳や色々な事で手が空かなかったので、その時は読まなかった。後で手が空いたとき「そういえば」と思い、主人が片付けたところから出して読んでみた。主人が読まなくて良いと言った理由が分かった。およその内容は『産前によく仕事をした妊婦はお産で楽をする。サボっていた妊婦はお産で泣く』というような内容だった。正直傷ついた。だが義父も悔しかったのだろう。期待に胸膨らませていただけに苛立ちもあったのだろう。表現の下手な人なので気持ちを上手く伝えられなかっただけなのであろう。そしてこういう形の表現になってしまったのだろう。「読まなくて良い」とそっと捨てた主人の不器用な優しさも感じた。

まあ、一度だけそんなことはあったが、本来人間として大変優しい義父であった。その後、孫への愛情を一身に注いでくれたのは言うまでもなく、感謝しかない。印象的だったのは、寡黙な義父が伊織を自ら抱っこすることはなかったが、義母が義父の膝に赤ちゃんだった伊織をぽんと乗せるとそのまま抱っこしつづけていた。それを見て義母が言った。

「まあ、おじいさん。実の息子でも一度も抱っこしたことなかったに、孫は抱っこしているにぃ。可愛いだんなぁ。なあ、おじいさん」

義父は恥ずかしそうに笑顔を見せ、伊織を見ていた。

「へえー。そうなんだ」

と、私はびっくりして言った。側で主人が、

「お、じいさまが、孫をだっこしているぞ！」

と、自分の父をかまいながら爆笑していた。伊織の後遺症のことを一瞬忘れさせてくれるような、ほのぼのとした幸せを感じる瞬間だったのを覚えている。

その後、妹が生まれて孫二人になり、私たちが行けない時の保育園の送り迎えや、学童保育へのお迎え、高等部へのお迎え、さらに娘が高校生になった頃、寝坊して困っているときの高校への送りなど、黙って大変助けていただけた。

言葉数の少ない人で、孫たちに積極的に関わるタイプではなかったが、子どもたち二人は穏やかで優しさがにじみ出る義父に安心してついて回っていた。よく働き誠実な人だった。それこそ表現は下手であるが、実に愛情深い優しい人であった。私の両親は結婚当時から二人とも病気を患いがちだったし、跡を取る者がいなかった。だから実家の事を私が何かとやらねばな

らず、実家に足を運ぶことが多かったが、いつも気持ちよく出してくれた。

やがて実母が亡くなり、実父もしばらくは不自由な身体で一人暮らしを頑張っていたが、段々と弱り介護が必要となった。前述のように施設にもいったん入れてみたが、父は嫌がって実家の家に帰りたがった。一人で帰すわけにもいかず、嫁ぎ先に引き取ることを義父や義母は気持ち良く承諾してくれたのだ。嫁ぎ先に引き取らせて頂けるなど普通はなかなかあり得ない。懐の深さを感じる主人の両親だったのだ。

その頃はまだ、我が家は義理の両親は実家で暮らしており、私たち若夫婦は近所に家を建てて暮らしていた。いわゆるスープの冷めない距離で実に上手くいっていた。晩年、義父は認知症を患った。認知症のはじまりと気付かなかった頃、義父がよく私たちの家に寄って上がるようになり、よく喋っていくようになった。それまではあまりそういうことがなかったので、私は「おじいちゃん、丸くなったな」等と思っていた。

伊織が高等部三年で、娘が高校一年、私が伊織の通う特別支援学校に勤務していた冬の日のことだった。特別支援学校にはスクールバス添乗の当番が時々回ってくる。そんな日は朝早くからの勤務となる。月曜日の朝、たまたまあたってしまった。その頃伊織は寄宿舎に入舎していて月曜日は家からの登校だった。いつもなら私が勤務前に登校させられるのだが、バス添乗当番だったのでそれができなくなった。娘は高校に自転車で通っていたが、冬場は道が凍るし遠いし寒いので、このあたりの地区は高校へも親が送ることが多かった（この時期は実父の在宅介護もあり、私の人生の中で最も多忙を極めていた時期と言えよう。よく乗り切れたと今でも思い返す。伊織が同じ勤務校に在籍していたメリットを実感していた時期でもあった）。

月曜の朝は、実父の朝の介護を終えると子ども二人を車に乗せ、娘を高校に送り、伊織を送る。これができないため、

「おじいちゃん、月曜日、おねがいできる？」

ということになった。快く承知してくれた。が、どうも様子がおかしかった。日曜日、家にきて、

「あのさ、道、どう行ったっけな？」

と聞いてくる。今までも行ったことは何度もあったはずだ。しかし気を悪くしないように何気なく、

「ひさしぶりでしたっけね？」

と聞いてみた。

「ああ、久しぶりで忘れちゃったな。聞いておこうと思ってさ」

と言うので、家から娘の高校までの道、そこから特別支援学校までの道を説明した。

「ああ、そうかい。そうだったな」

と言って帰って行く。しかしまたしばらくすると、

「あそこの交差点、真っ直ぐだったたんな？」

と戻ってきてまた道を聞く。これを二、三回繰り返したのだ。おかしい。異変を感じて主人に話すと、

「そうだな。最近おかしな行動すること増えてきたな。やばいかもな」

しかし、もう次の日だったので不安ながらもそのまま様子を見た。バス添乗が終わってから高等部の担任に登校できているかを確認し、ホッとした。

そう言えば、以前は近所に住んでいても我が家には食事に呼んだ時以外は絶対に上がろうとしなかったのに、不意に家に上がってくるようになった。お茶を入れてお菓子を出すとにこにこして食べて帰るので、以前に比べて朗らかになった気がして私は話しやすかったが、何かがおかしい。服装も、暑い日にジャンバー等を着てきたことも。そして臭うことも。娘が高校への登校時にバスに乗り遅れて、ちゃっかりおじいちゃんに送ってもらうこともよくあったが、娘から気になることを言われたことがあった。

「おじいちゃん、最近、道よく間違えちゃうんだよね」

と。これはもう伊織のお迎えをお願いするどころではない。卒業まであと二ヶ月程度の時期だった。金曜日の下校時間に時間休をもらい、いったん家につれて帰り、また学校に戻って勤務する方法をとることもあった。娘は高校で帰宅は遅いので夜で良かった。高等部の担任の先生に相談し、そのころ展開を始めていた事業所があり、金曜日のお迎えと私が帰宅までの預かりをそこでしてもらえることになり、ホッとした。

しばらくして義父は、約一ヶ月の間に三回、物損や雪道で一人で横転したり等の車の事故を起こし、これはまずい……と乗らないよう話すが、守れるわけもなく、主人は車のキーを隠した。それから主人が付き添い、病院に受診し認知症と診断された。車の免許について息子である主人からの説得では聞き入れてくれないので、主人は病院の医師にも返納の説得をしてもらった。警察にも一緒に出向き、警察官の方からも説得をしてもらい、ようやく免許の返納と自家用車の処分にこぎつけた。

農作業があるので、主人が引き継ぐため軽トラックは残す必要があった。昼間、私たちが出勤している間は義母と過ごしていたが、時々思い出したように軽トラックを運転しようとして鍵を探し回ることもあったらしい。田舎であり、買い物等に不便なので、休みに主人が必ず買い物に連れて行くようにした。

生活が少しずつ変化してきていた。私はまだその頃、帰宅すると実父の介護があり、義父のことは主人にお願いしていた。義父は車がないことで自転車で動き回ることが増えてきた。体力があり遠くまで出かけてしまうことが増えた。暗くなっても帰って来ないことがあり、義母方の近くの親戚が駆けつけてくれ、探してもらうこともあった。いない……と連絡を義母から受けて、私も車で探しに出て偶然見つけられたこともあった。

一度、主人の勤務先に警察から連絡があり、義父が保護されている……とのこと。びっくりして行ってみると、高速道路に自転車で入ってしまい、走っている車から警察に連絡が入り、高速道路警備隊に保護されたが名前を言わず（言えず？）、自転車についているナンバーから購入した店に連絡を取ったところ、たまたま親戚筋の自転車屋さんだったため義父だと分かり、息子の勤務先に連絡がとれた……ということらしかった。何も事故がなくて無事に保護してもらい本当に安堵した。主人はその後の勤務校の異動希望は、今いるところが一番近く、何かあったときにすぐに帰れる勤務先として希望を出し続けた。

伊織が高等部を卒業して福祉作業所に通うようになって暫くした頃、嫁ぎ先に引き取らせてもらい在宅介護をさせてもらっていた私の実父が亡くなった。実父の葬儀の終わった夜、私が親戚の者と電話中に義父が血相を変えて家に飛び込んで来た。電話で話している私に向かい、

「瀬戸のお父さんのお葬式はいつだったかな？　忘れちゃいけねえと思ってさ……」

と言ってきた。私は親戚の者と電話中だったり、義父の発した問いかけの内容にあっけにとられたりで焦ったが、かえって人と話し中だったことで冷静になった。親戚との電話を「悪いけど急用が……」と切り上げた後、

「おじいちゃん、今日、無事終わりましたよ。心配しなくても大丈夫ですよ」

と落ち着いて答えた。

「は？　終わった？　終わっただかい？」

「はい。一郎さん（夫）が随分手伝ってくれて、滞りなく全て終わりましたよ。心配ないです。おじいちゃん、おばあちゃんも色々ありがとうございました」

そう答えると、義父の表情が和らぎ、

「あ、そうかい。無事終わっただな？　はあ、そうすりゃ良いな。そうかい。そりゃ良かった……」

と言って近所の自分の家に戻って行った。夫に話すと、父親が葬儀を忘れてたことに大分ショックを受けた様子だった。通夜にも火葬場にも葬儀にも一緒に連れて参加していたから……。

私の父の葬儀後、認知症の症状が悪化し、しかも動き回る義父について、二人で近所に住んでいる義母に「大丈夫？」と聞いてみた。

「うん。そうだんなあ……。実はちょっと自信ないだよ」

と、やはり不安を訴えた。実父が亡くなり部屋は空いている。元々いずれ来てもらうために増設した部屋だったので、早速同居を始めた。こうして実父の介護後、すぐにまた義父の介護が始まった。

義父の介護を始めてみると、実父の介護生活の時とは全く状況が違うことを改めて感じた。実父の認知症は晩年は多少みられたがさほど強くはなかった。しかも身体が不自由で動けず、家に引き取って介護をするようになってからはなおさらで、寝返りもできないので全介助だった。しかし何処にも行かないので、ある意味で介護しやすい状況だったとも言える。

義父は認知症だけで身体は元気だったから、とにかく動き回る。テレビもじっと見ていられなかった。昼間は私たちは職場に行ってしまうからまだ良いが、付き添っている義母は大変だったと思う。すぐにケアマネージャーを探し、デイサービス利用ができるように手続きするが、これがまた大変だった。本人からすれば「なんでそんなところへ行く必要がある?」と思っているし、そういうところへはそもそも義父は行きたがらない。実父はサラリーマンだったせいか、人と交流することを好む人で元々社交的だったので、デイサービスには喜んで行ってくれたが、寡黙で一人気ままにやっていたい人だった義父は性格が違う。

そこでケアマネと相談し、皆で一芝居打つことに……。義父に草刈りや外回りの仕事を頼みたいとお願いし、デイサービスの車でお迎えが来る。仕事なら……と義父は車に乗る。デイサービスで草刈りや枝切りやなんやかんやと仕事を作ってお願いする。

「お昼をどうぞ」

「ありがとうございました。汗をかいたでしょうからお風呂にどうぞ」

と誘ってもらい入浴をし、

「お疲れでしょうから、少し休んでいって下さい」

と、お昼寝を誘ってもらい、

「ありがとうございました。お礼です」

と、のし袋を渡してもらう。あらかじめ主人が用意して職員さんに渡してあった二千円か三千円を入れたのし袋だ。それをもらって義父は「仕事ならば」と帰宅できた。これを何回か繰り返し、だんだん慣れていけるようにと考えた。

家に帰ると、実家から少し離れた息子の家に来ていることが理解できない。自分の家でないことに納得できない。それはそうだ。義父としたら混乱したに違いないが、義母の負担を思うとそうするしかない。私たちが帰る前は、仕方なく実家に行きたがる義父に義母も付いていき、歩き回るのに付き合っていたようだ。私たちの家に戻ってきて暫くすると家から出ようとする。鍵を掛けておくと、窓から飛び降りようとして、伊織が片手で必死に止めたこともあるらしい。

私たちが帰るまで義母は気が気ではなかった。しかも色々な事をする。家中歩き回って色々なものを出したり、あちこちで排尿をしてしまう。ゴミ箱に排便がしてあったこともあった。時間通りに食事にならないと我慢ができなかった。年寄りの夕食は早いので、私はいったん学校を五時で上がり、夕食を作りに帰宅すると食事を用意し、仕事が間に合っていないときはまた学校に戻り、仕事をこなすこともあった。

夜は義母と同じ部屋で寝てもらっていたが、夜中に起きて歩き回ったり、おしっこをトイレでないところにしたりで義母が大変だった。おむつをしておいても、おむつに手を入れ、わざとずらしてしてしまう。私たちが休日でデイサービスに行かないときは、主人が、枝を切ったり集めたりすることが好きそうなので、なんやかんやとそんなような仕事を作り発散させてくれていた。

ある日、あまり急いだ様子を見せたことがない伊織が珍しく私のところに走ってきて、

「早く、着て。おじいちゃんが……なんか変なことしてる」

と知らせに来た。伊織は義父と確かテレビを見ていたはずだった。行ってみて仰天した。義父が包丁を持って座椅子風のソファーをザクザクと切っていた。包丁の刃をソファーに切り立てていたのだ。思わず、手首を持って、

「おじいちゃん、これは駄目です」

と止めてしまった。これは良くなかった。止められると、そして力で押さえられるとなおさら興奮してしまうのだ。特別支援学校の子どもたちに接する時もそうだが、やりたいことを制止されたり、身体を押さえたりするとなおさらに興奮してしまう。気が逸れるように別の声のかけ方が良かったが、私としたことがもう遅い。

「駄目じゃない。これを切らにゃあいかん。どうしても切らなきゃ駄目だ」

と言って力が一段と入ってきた。

「伊織、パパを。パパを急いで呼んで来て」

と、義父がこれ以上興奮しないように小さい声でささやいた。伊織は走ってくれた。指示を素直に聞いてくれることができて本当に良かった。いったん包丁を持った手を押さえてしまったので、離す勇気もなく押さえ続けるしかなかった。主人が来て、

「おいおい、何やってるんだ」

と包丁を取り上げてくれ、気分転換に外に連れ出してくれた。外で切っても影響のない枝や木

を集めて、のこぎりを渡し、思う存分切る作業を与えたようだ。義父が切ろうとした座椅子風ソファーを見ると、肘掛けの線に合わせて真っ直ぐに切り落とそうとした様子が窺えた。義父としては座る部分が肘掛けの線より飛び出して見える状態が嫌だったのかも知れない……と後で思った。

夫にも義母にも疲れが目立ち始めた。ケアマネージャーには、

「成澤さん、お義父さんは、貴女のお父さんとは全然タイプが違うんですよ。もう在宅介護は限界じゃないですか？　みんなでつぶれる前にプロにお任せするべきだと思いますよ」

と助言を受けた。主人と義母がどうするかに私は従おうと思った。

夫はケア施設への入所を決断し、ケアマネージャーに幾つか空いていそうな施設を紹介してもらい、探し始めた。タイミング良く、家からそう遠くない民間のグループホームや特養を経営している施設に空きがあり、入所が決まった。主人も義母も複雑な想いで決断したことと想う。私もそうである。持って行く荷物の用意をした。自分の父もしばらく施設に入所していたこともあり、こういう整理は私は慣れていたが……。

こうして義父は施設入所し、休みの日に時々皆で会いに行く……というスタイルになった。義母はゆっくり眠れるようになり、主人も私も仕事に集中できるようになった。こうした安定した生活が四年ほど続いた。しかし義父は新型コロナウイルス感染症が日本にも上陸し、日本でも大騒ぎになってきた頃、急激に状態が悪くなり意識が遠のくようになってきた。そして新

型コロナウイルス感染症拡大を防ぐため、安倍総理大臣が全国の学校を休校する……という判断で休校となり、学校現場の私たちもバタバタしていた頃、義父が息を引き取ったという知らせを受けた。主人は児童が休校に入っていたことや、私は学級担任を持たない役職に付いていて、抱えていたケア会議もコロナのため中止になっていたことで、タイミング良く動きやすい時期だった。少しずれていたらそうは行かなかっただろう。そこまで義父は頑張ってくれたのかも知れない。

まだその頃は緊急事態宣言が出されておらず、東京にいた娘も帰省することに影響はなかった。告別式も普通に執り行うことができる時期だったので、家族皆で集まれ、お別れをすることができたのだった。娘に「孫から……」ということで弔辞を頼むことができた。現在は新型コロナウイルスのため、葬儀で集まることも、東京からの親族の移動も難しい時期になってしまった中、ある意味で義父はタイミングが良かったかも知れない。

《義母について》

義母について、是非書いておきたい。嫁いだ頃、優しいのであろうが口数が少なく気難しいところのある義父と、どのように向かい合ったら良いか……と感じていた。しかし、そこを取り持ってくれたのが義母だった。義母は家計を助けるために近所の工場で働き、同時に家の農業もこなしてしまう大変働き者の女性だ。農業は大変な重労働だ。勤めをしながらの農作業の両立はどれだけ大変であったろうか。学校で児童生徒たちと少しやっただけでもへとへとで、その大変さが分かる。

義母は人ともよく関わる女性で、近所のネットワークは凄いものがあった。明るく朗らかで社交的な義母は、これまた大変優しい性格の良い女性だ。私の実母は厳しいところのある人だったが、義母は本当に優しい、これぞ『ＴＨＥ　日本のお母さん』という感じの女性で、私は義母が大好きになった。義母は私が思うに『学はないが、知恵のある女性』だった。独身の頃は東京で働いていたこともあったらしく、都会の雰囲気も実は知っている女性なのだ。また、義母はたくさんの兄妹の中で育ち、その方々と私も嫁いでから関わることがあるが、大変温和な方々なのだ。義母が言っていたが、兄妹喧嘩をしたことは思い当たらないという。こうした大勢の兄妹の中でお互いを思いやりながら生活してきた女性なのだろう。人としての大切な思いやりが自然と身に付いており、人を温かく包み込む女性だった。

私の至らなさを決して色々言わず、ゆったりと大らかに包み、許して下さる……。私は何度となく自分の駄目さ加減を「はっ」と気付かされてきた。こうした大らかさは私に欠けているところだった。主人の懐の深さはこんな優しいご両親の元で、自由にのびのびと育てられたところからきているのであろう、と思うことがよくある。

主人と結婚して良かったと思うことの一つには、こうした姑のところへ嫁げたことだ。現在の日本社会のあり方の中で共稼ぎ、そして教職を続けながらの子育て期を乗り切ることができた一つには、義母の存在は大きかった。就業時間が終わってすぐには帰れない仕事内容の現実があった。もちろん帰っても良いのだ。しかし、次の日の授業準備や校務分掌の仕事が間に合わないことが大半だ。時間ぴったりに帰ればかえって自分の仕事が残っていってしまい自分の首をしめてしまう。より納得いく授業準備をしようと思えばなおさらなのだ。また生徒指導上の問題やそれにともなう急な保護者相談は時間を問わず起こるものなのだ。また、私は不器用な人間だが、不器用ながらこの仕事、職種の『責任』という自覚はあるつもりだった。仕事と家庭を両立させるバランスをどうとるか？　常に悩んできた。おそらく仕事を続ける女性は皆そうであろう。

結婚したての若い頃、義母も私に「もっと気楽なパートのような仕事にしたら？　身体が楽じゃないか？」と言われたことがあった。農業として管理する田畑があるため、舅姑としては、本当はお嫁さんにあまり仕事に重点をおくのではなく、家計の助けになる程度の軽いパートをして後は農作業を手伝ってもらいたい……というのが本音だったかも知れない。この頃の農村地区の人たちの多くは嫁に対してそうした考え方が多かったろう。しかし、そこは自分の生き方として私は譲れないところであった。何のために、いったん就職したのに改めて通信大学に入り小学校免許を取得し教員採用試験に挑んだ意味がなくなるのだから。夫と結婚するとき、だから「私は仕事を辞めません」と宣言しておいた。

話は少し逸れるが、こうした自分の生き方を主張することは、昔も今も女性にとって良い事も悪い事もあるのではないか。主張しすぎることで強い女として非難されたり、その家の家風に合わないなどと見なされることもあるだろう。一般的に女性が結婚するとき、このような事は超えなければならない壁であるように思う。「こう生きたい……」と強く願い努力してきた女性には、特に壁になるのではないか。

結婚によって方向をどうしていくか、相手に合わせて簡単に捨てられない「意志」がしっかり育ってしまってあるからだ。この意志は出会う相手によっては足かせになることもあるだろう。相手によっては、その状況により全てを捨てて付いて来て欲しいと思う相手もいるであろうし、反対に相手に変えてもらわねばならないこともあるであろう。ちなみに私の実母は私に、「これからの時代は女であっても、仕事をしっかり持ち、自立して生きるべきだ」と言って私を育ててきた。そこには「本当は自分がそうしたかった。でもできなかった……」という思いもあったのかも知れない。しかし、母の中には時々迷いが見えた。そのような女性の生き方がその頃の社会のニーズにそぐわないのではないかとよぎることがあったようだ。だから職業を持ち自立した生き方を説くこともあれば、家庭に入り良妻賢母的な生き方も説くこともあった。

最初私はどちらでも良かった。まだ自分の将来の生き方がはっきりしていなかったときは、本当にどちらでも良かったことを覚えている。それにはこんな理由があった。母は自分の主張を強くする人だった。父も実はそうだった。兄もそうだった。だからつまり家の中で常に言い合いがあり、ぶつかり合いが生じてしまうのだ。私はそうした雰囲気が苦手で、常に人の顔色を見ながら生活していたように思う。だから、私はそのような強さを持っている母に、そのような家庭の雰囲気を作ってしまう母に、思春期を迎えるとどこか反発を覚えるようになっていた。自分を強く主張しすぎるのもどうなのか？　自分はあまりそのような雰囲気を好まないし、ぶつかり合う家庭は築きたくないと思っていた。

しかし今から思うと、向上心の強かった母はきっと「精神的にも経済的にも自立した生き方をしたい、こうありたい自分」と「できない自分、できなかった自分」の間で揺れ動いていたのではないか。そして娘の私にそれができる人であって欲しいと願い、しかし、そういう生き方をすると敬遠され結婚相手に恵まれないのではないか。だから私に一貫性のない事を言うことがあったのではないか。大学を卒業して就職したのに、また通信大学に入り、教員採用試験に再チャレンジしている娘に、結婚適齢期が過ぎてしまったらどうしよう……という不安も出てきたのかも知れない。とにかく私はこうした母の揺れ動く内面を見ながら、でも自分が何をして生きて行きたいかを高校、大学、新卒期の中で段々と固めていったように思う。結果的には母が願った女性の生き方に近くなっているのだろうか？

話を戻すと、義母が私に「パート的な軽い仕事にしたらどうか」と言ったとき、仕事に対しての自分の気持ちをその場で返すことはしなかった。伊織を出産し、障がいが残ることが分かり、仕事を続けるかどうか改めて考え直した時、伊織の障がいの状況を伝えることと、自分の仕事についての想いを義父母に手紙に綴り渡したことはあったかもしれない。そのうちに義母は、私はこの仕事がしたいのだなということを何となく理解し、二度とそのようなことを言うことはなかった。黙って協力してくれたのだ。

子どもが幼い頃、子育てと仕事が最も忙しく帰宅が遅くなる私たち夫婦に代わって、保育園のお迎えをしたり、私たちが帰るまで預かってくれ、迎えに行くと夕飯のおかずまで用意して子どもと一緒に持たせてくれていた。あまりにも帰宅が遅くなるときは、子どもたちに夕食を摂らせてくれ、私たち用のおかずまでも持たせてくれていた。こうした援助がなければ教職など続けて来られなかった。私は子どもたちに、これだけお世話になっている、おじいちゃん、おばあちゃんを大事にするよう伝え続けてきたつもりだ。だから、

「パパやママに反抗的な口をきいても、おじいちゃん、おばあちゃんには絶対にしてはいけない」

と言ってきた。その甲斐あってか、祖父母をとても大事にしてくれる子に育ってくれたことは有りがたい。

伊織は表現が苦手で淡々としているが、娘は特に良く表現してくれ、おばあちゃんを大事にしてくれる。元々優しいおばあちゃんなので、娘は特に大事に想っていて、東京に就職した今も週に一度は電話したり、ＺＯＯＭしたりしておばあちゃんの様子を気遣ってくれるのだ。娘は気が強い一面もあり気にかかるところもあるが、年寄りに対し、そうした優しい子に育って

くれたところを窺い見ることは私にとって何よりも嬉しいことである。

義母は私や実母にはない、忍耐強い「しなやかな強さ」をもった女性なのだと思う。実に学ぶものが多い人なのだ。現在八十六歳。私の感謝の気持ちを返して行けるよう、もう少し私に時間ができるまで長生きをしてもらいたいと思っている。

七五三の記念写真　両家全員で

ハリー・ポッターと伊織

ハリー・ポッターにはまったのは小学校の中学年頃だったか？　始まりは本が出始めた頃、読書好きな夫が原作を読み始めたことで私も好きになり、やがて家族中がはまっていった。伊織はもともと読み聞かせや、気に入った絵本を繰り返し読むことが好きな子だった（読書好きな夫の影響だと思う）。幼年期頃は日課になっていた寝る前の読み聞かせの時間になると、読んで欲しい絵本を自分で山のように積み上げベッドにスタンバイしていた。そして積み上げた絵本を全部読んでもらってから寝るのだった。読み聞かせをしているうちに、日中の仕事の疲れで私はよく自分が先にうとうとしてしまうことが多かった。すると伊織は、

「ちゃーちゃん（まだ言葉があまり出ない頃、何故か伊織は私をそう呼んだ）」

と叫んで私を注意した。私はハッとして続きを読む。しかし、また眠くなりうとうとしていると、伊織は私のほっぺを遠慮なく「パチン」と叩いて起こしてきたものだった。

その頃、発達が遅れることは分かっていたが、知的発達がどのくらい遅れるのかは医師もリハビリ関係者も分かってはいたであろうが、はっきり言わない（言えない）ので、私はとりあえず伊織が絵本やお話に興味を持ってくれ、集中して聞いてくれることに、ある程度物語を理解出来ているのだなと安心もできる瞬間だった。

保育園の年長の頃だったか小一頃だったか、ライオンキングに私がはまり、ミュージカルを見せたいと思った。夫はそれには興味が持てなかったようなので、私一人で幼い子二人を連れて東京の劇団四季の会場まで見に行ったことがあった。せっかく高い入場料を払うので、一、三ヶ月前から絵本を読み聞かせたり、劇中の音楽を聴かせたりして予習しておいた。行く日までにはおよその内容と音楽を伊織も妹も覚えた様子で、当日ミュージカルが始まると、知っている音楽に身体を揺らして喜び、劇場だから体験できる演出に子どもたちは大興奮だった。伊織はあまりにもうれしくて興奮しすぎ、途中で鼻血を出してしまうほどだった。ちょこちょこと動き回る幼い子を二人連れて、一人で慣れない東京に行き、初めての劇団四季の会場へ行き無事帰ってこられるのか私は内心不安だったが、子どもたちの様子に、来て良かった……と思えた瞬間だった。

ハリー・ポッターに話を戻すと、あの頃、原作と映画の第一作『ハリー・ポッターと賢者の石』が公開された。これを家族で見に行ったことで、伊織はハリー・ポッターシリーズにはまり、このシリーズの読書にのめり込んでいったのだ。知的発達の遅れを抱える子にとって長文・長編の読書は難しいと思われる。伊織がのめり込めたのは物語を映像化された映画があったことで、文章の読解を助けてもらえたのではないかと思う。

夫が購入して読んでいた本が児童文学であったため漢字の全てに読みがながふってあり、読みやすかった。それにある程度の漢字も読めていたので、夫が読み終わった本を伊織に勧めたのだった。すると伊織はこちらが思っていた以上によく読むようになった。読みながらお話の展開を映画で見た映像で思いだすことができ、イメージを広げられたのではないか。

しばらくすると、テレビの映画番組で再放送される時期になり、伊織は大喜びで自分で録画していた。当時は今ほどテレビ番組の録画機能が充実しておらず、録画にやや複雑な手続きが必要だったが、小学校中学年頃になっていた伊織は、テレビやＤＶＤ録画機の手順を理解し使いこなしていた。録画した後にＣＭを飛ばしての編集も主人に教わったのか、自分でするようになっていた。私はこうした機械操作がどうも苦手で、いつまでたっても覚えられない。たまに授業で使いたい番組があると伊織に頼んで録画しておいてもらうこともあった。

それからというもの、伊織はテレビの前で読書をし、自分である区切りまで読むとその部分を録画しておいたハリー・ポッターの映画を再生し、確認しながら読み進める……という独特な読書の楽しみ方をするようになった。その中で、

「この部分は映画にはないよね？　どうして？」

と、原作にしかない部分にも気付くようになってきた。

「全部を映画にできないからじゃないかな？　原作の本を読むと映画にない部分も読めて面白いね」

と答えておいた。

一作目、二作目……と、次の作品の原作本そして映画化になるまで、家族で次がどうなるか

などを話題にしながら楽しんだ。伊織は次がでるまで読書→映像→読書を飽きることなく繰り返していた。しかし、この頃はまだ登場人物の感情と言うものには興味を持っていなかったように思う。物語の事実のみを追っていたようだ。登場人物の感情に興味を持って質問してきたのはもっと後で、私が記憶しているのは、後述の「福山雅治効果」のラブソングだったように感じる。

ハリー・ポッターシリーズはこの後、完結編まで実に長い間、私たち家族と伊織を楽しませてくれた。伊織は中学校に進学してからも、朝の読書タイムにも分厚い本を毎日持って行って読んでいたようだ。学校に置いてくると言うことはせず、必ず家に持ち帰り家でも読んでいた。特別支援学校の高等部に進学してからも、このシリーズは続いたと思う。特別支援学校では本人の興味関心を大事に活動を広げてくれるので、ハリー・ポッターやこの頃アニメのワンピースも好きだったことから、寄宿舎の先生はすかさずこの興味関心を掘り下げてくれた。

ハリー・ポッターに関する自由研究的なテーマ（好きな場面ランキングとかあまり難しくない伊織の理解しやすいテーマ）を伊織に持ちかけ、伊織の余暇時間の充実を図ってくれ、学校祭の際には展示発表を試みてくれていた。学校祭に行くと、伊織は寄宿舎の廊下に私を連れて行き、展示されたハリー・ポッターのまとめを自慢げに見せてくれた。取り上げてくださった先生方に感謝だった。こんな風にハリー・ポッターシリーズは完全読破をやりとげるまで伊織の興味関心を持続させてくれ、伊織の心の成長を助けてくれたのだった。

ユニバーサルスタジオジャパンにハリー・ポッターのエリアが出来たと聞いて、いつか伊織を連れて行ってやりたいと思っていた。父を看取り、私の心にもぽっかり穴が開いた頃、「そうだ、あそこへ連れて行ってやろう。父の介護中は色々我慢もさせたのだから……」と思いたった。智織も大学へ合格していたし、誘ってみると行きたいと言う。夫は、ああいうところは気が進まないらしく、

「俺は、いい」

ということなので、私が二人を連れて行くことにした。せっかく大阪まで行くのだから……と、楽しみ方の攻略本を二冊も読み準備をした。伊織はやはりハリー・ポッターエリアが気に入り、アトラクションに二回乗りご機嫌だった。杖が欲しいと言いだし、結構な値段がするのでよく考えさせたが、悔いが残ってもいけないので購入した。帰ってからやはり自分なりに旅の思い出をまとめて、魔法の杖を手にしながら映画をまた見ている。子どもたちと三人でとても思い出深い旅となった。

福山雅治効果

私は何時からか福山雅治さんのファンになっていた。さだまさしさんも大好きで思春期からよく聞いた。私は歌のメロディーと歌詞のどちらかというと歌詞に聞き入る方だった。その時々の気持ちに合った共感できる言葉、生き方を癒やされる言葉、思いつかないような言葉の表現に触れると励まされたり、慰められたりするのだ。思い起こせば思春期はさだまさしさんの歌やメロディーにはまっていたように思う。

福山雅治さんを知ったのは「一つ屋根の下」というドラマだったと思う。当時はたぶんもう就職していてそれなりに忙しく、ドラマを毎回見ていた訳ではないが、たまたま画面に映った姿に、

「誰？　この美少年は（いや、すでに青年になっていたかも）」

と思ったのを覚えている。それだけではファンにならないのだが、そのうちにテレビ・ラジオから流れる、自分の感覚に合う詩の一文やメロディーに意識が向いた時、「誰？」とふと画面をみると、いつぞやの美少年（青年？）で、

「へぇー、この彼は自分で詩や曲を書く人なんだ……」

と興味をもったのを覚えている。そして機会があれば彼の歌や番組を注意して鑑賞するように

なった。

しかし、福山雅治さんがデビューしたその当時は私も一大決心をし、それまで勤めていた社会福祉分野の仕事を辞め、教員採用試験に合格して教師生活が始まった頃であったため、毎日が忙しくあまり芸能関係に興味を持つ暇がなかったのだ。また、私は若い頃から好きな歌手ができても、ファンクラブに入ったり、コンサートに行ったり、追っかけをするという積極的なタイプではなかった。どちらかというと無理のない範囲で静かに見守るようなファンなので、熱狂的な本当に詳しいファンの人たちから見れば、そんなのファンじゃないと言われそうなくらいだ。

それにしても、福山さんは若い頃の歌詞も良いのだが、歳を重ねた近頃の彼の詩はまさに深みが加わり「良いなあ……」と共感できるのだ。『道標』『くすの木』『生きてる生きてく』『最愛』『いつも何度でも花が咲くように』『家族になろうよ』等々他にも沢山、日々励まされ、「そうだよね」と安心し、「あしたも生きていくんだ」と元気をもらっているのだ。歳を重ねれば重ねるほどすてきな歌詞やメロディーを表現する彼をどんどん好きになってきた。

それから、福山雅治さんのああした華やかな世界に身を置きながら意外と浮ついていない、きちんとした生き方や努力している姿（だからこそ成功するのだろうが）にも親近感が湧くのだった。加えてあのルックス……。「やっぱり今からでもファンクラブに入ろうかなあ」「一度はコンサートに行ってみたいなあ」などと五十を過ぎた今頃、年甲斐もなく考えてみている。

伊織に面と向かって、

「ママは福山雅治さんのファンなの」

と言ったことはないのだが、伊織が二十歳過ぎた頃からなんとなく分かるようになったらしいのだ。時々出演する歌番組の福山さんの部分では家事をしていても立ち止まって見入っている私の姿や、土日の昼間にやっていたラジオ番組を聴けるときは番組を合わせている私の姿を見ていたからだと思う。主役のドラマやＮＨＫでの特集が組まれると番組を録画してくれて、そのうちに伊織も福山雅治さんの歌を好んで聞くようになったり、番組を見るようになったりした。一人でパソコンに向かいインターネットで「福山雅治　歌」と入力して引き出し、聞いていることもあるようになった。

ある日、伊織が不意に、

「『化身』てなあに?」

と質問してきた。唐突に聞いてきたのだが、私にはそれが何かはすぐに分かった（伊織はいつも主語がなく言いたいことをしゃべるので、家族以外の人には残念ながら分かりづらいことが多いのだ）。伊織は福山さんの歌の題名である「化身」という言葉に興味を持ったのだ。知的発達に遅れのある伊織がこうした言葉に興味を持ち質問をしてきたのは初めてだった。これまであまりこうした質問をすることはなかった。だから、少し意外だったし、驚きでもあり、嬉しくもあった。まさに『福山雅治効果』だった。

驚きと言えばもう一つ、「へぇー」と思うことがあった。それは福山雅治主演の『ラブソング』というドラマが放送された時のことだった。見る前に連想したのは、題名からすると単なるラブストーリーなのだろうと思っていたが、第一話を見てみるとそれだけではなく、吃音障がいのある女性を扱った物語であることを知った。福山さんがこうした障がいのある弱い立場の人々のことを扱ったドラマへの出演はあまり見たことがなかったので、興味をもち、結果毎回見たくなり、でも毎回は無理なので伊織に録画を頼んでおいた。吃音障がいを抱えた主人公の女性が社会の中で自分に自信を取り戻し、自分らしく生きて行く方法を恋をしながら見つけていく……ざっくりまとめるとそんな物語だった。

私は伊織と番組を二人でよく見ていた。伊織は録画してあるので暇なときに何度も見ていたようだ。見てはいるが、果たしてどれだけ意味が分かっているのかは不明だった。お母さんが好きなので見ているのだろうが……。こう言っては何だが、あの子は人の感情を読み取るということが難しいところがある。日常生活の中でも、周りの人に対して気を配ることはもちろん出来ない子だった。だから物語の中の登場人物の心の動きにあまり興味を持たないところが多分にあった。そしてドラマが終わってしばらくたったころ、買い物か何かのお出かけのときの車運転中に、またまた唐突に質問してきた内容に驚いた。

「公平はどうしてさくらに会わないで帰っちゃったの?」

私にはそれがドラマの最終回のことだとすぐに分かった。伊織との間には、こうした私と伊織だから分かることが沢山あるのだ。その人と自分にしか分からないこと……人との関係の中でこうしたことはあるものだろう。

その最終回のシーンは、吃音障がいを抱えるさくらという二十代前半の女性が、公平という精神科医で元バンドマンの中年男性に恋心を抱く。公平は精神科医として歌を通してさくらに自信を持たせ援助しようとする。それは仕事上の立場だけでなく、公平自身が若い頃の歌への挫折を取り戻そうとする気持ちと複雑に絡み合うのだ。さくらも公平の期待に応えようとする。しかし、公平はさくらに患者以上の気持ちを寄せながらも自分の過去の傷心や、さくらに対する自分の気持ちはさくらが自分に寄せてくれる想いとは違うことなど、さくらの気持ちに応えられない想いを抱えていたのだ。さくらはそんな公平の気持ちを感じ取り、しかし自分の公平に対する恋心が辛すぎて、あえて公平の前から姿を消してしまうのだ。何年か後、居場所が分かり、公平はわざわざ会いに行くのだが、自分の支えなしでも歌を続け、歩きだそうとしているさくらの姿を遠くで見つめ、会わずに帰って行く……という最終回のシーンのことを伊織は聞いてきたのだ。さくらの傍らには、さくらと幼なじみのさくらに恋心を抱く、そらいちくんという若者がいたのだ。

これまでの伊織からは考えられない質問だった。人の感情に興味を持ったのだ。ゆっくりだけどこの子は成長している……と実感し、私は静かな感動をかみしめた瞬間だった。

私は何と返そうか迷ったが、

「うーん。そうだね。どうしてだろうね？　いおくんはあのとき、公平にどうして欲しかった？」

と聞くと、あの子は考え込んだ。しばらく黙った後ゆっくりと、

「いおくんは、会って欲しかった」

と答えたのだ。

「ママは？」

と聞くので、

「うーん、ママも会って欲しいとは思ったけれどね……ママは、あれで良かったんだと思う。公平さんらしい身の引き方だと思ったよ」

言いながらちょっと難しい言葉を使ってしまったと思った。

「そらいちくんは、会いにいったのに？」

「そうだね。そらいちくん、若いから感情のままにさくらを追いかけて行ったのかな？」

「追いかけていったの？　ウフフ」

と言って伊織は声をたてて、でも控えめに笑った。私が使った『追いかけて行った』の言葉が妙にウケてしまったようだ。私は伊織とこんな風に物語の登場人物の感情の動きについて話し合えるなんて……と嬉しく感じたひとときだった。

伊織は人の感情に興味を持たなかった……今、私はこんな風に乱暴な言い方をしたが、なん

と説明したら良いだろうと自分でも考え込んでしまう。全くそうだったわけではなかったり……いやそうだったかもと思ってみたりしている。

在宅介護していた私の父つまり伊織の祖父が息を引き取った時、伊織は淡々としていた。二十一歳になっていた。泣いている私を目の前に困ったような顔をしていた。しばらくすると自分が見ていたビデオの続きを見ていた。しかし、祖父の後を追うように飼い犬のチャチャという犬が亡くなると、埋葬の時、声をたて涙を流して泣いていた。伊織がいつも散歩に連れて行き、餌をあげ、糞の処理をして面倒を見ていた犬だった。チャチャは私たち夫婦の指示より伊織の言うことをよく聞いた犬だった。

小学校一年生の頃、当時よく出ていた音読の宿題があった。家の人に聞いてもらいサインをもらってくるというものだ。私も教師をしており、こうした宿題は自分もよくクラスの子どもたちに出していた。出していながら共働きで忙しい私は、常に私が見てやることは出来ず、主人と姑の手を借りながら誰かが宿題を見てあげる……という方式をとって何とかやりくりしていたのを思い出す。

ある日、伊織が自分から、

「ママ、いおくんがおはなし読んであげるね」

と音読してくれた児童図書がハンス・ウイルヘルム作『ずーっとずっとだいすきだよ』だった。宿題のため……というわけではなく、とても気に入っていたらしいのだ。大きな声で朗々と読んでくれた。この飼い犬の話は私も大好きな物語で、通常学校の担任をしていた頃、授業で児童への範読の時、熱くこみ上げるものがあった。伊織は細かな読解は難しかったと思うが、でもこの子は感覚としてすてきな物語として感じとることができている……と、とても嬉しく感じたのを覚えている。この時すでに我が家には、飼い犬のチャチャがいた。この後、飼い犬への想いは伊織なりに変わったのではないかと思う。

話が逸れたが、何を言いたいのかというと、人の感情に興味がないというより、自分にとって興味があるかないかで振りが大きいのだということだ。祖父には大事にされたが、伊織がもの心ついた頃にはもう寝たきりになっており、自分との関係につながりを持ちづらかったのだろう。その点、犬のチャチャは伊織にとっては大変身近だったのだと感じる。

福山雅治さんに話を戻すと、伊織は完全に福山雅治さんのファンになっていた。

「ママ、福山さんのＣＤあるの？」

と聞いてきて、私が持っていたＣＤを自分のウオークマンに自分で入れ、繰り返し繰り返し歌を聞くようになった。ラジオ番組やテレビに出演する時はいつも見るようになった。その熱の入れ様は母以上だった。出演する番組を必ず録画してくれるようになったので、忙しい母も見逃すことなく見れるようになり嬉しい限りだった。

福山さんの歌を聞くようになってから伊織に変化が現れたのは、先にも書いた、

「『化身』てなあに？」

というように、「言葉」というものに大変興味を持つようになったことだった。ショートメールや直接質問するなど、とにかく沢山の質問をしてくるようになった。嬉しかった。が、反面、さて困った……説明する私のボキャブラリーのなさに日々苦しく自己嫌悪。

『化身』……正しく説明するためにとりあえず明鏡国語辞典を引いてみる。「①仏や菩薩が衆生を救うために人のすがたになって現れたもの。化生。応身。②異類・鬼畜などが人に姿を変えて現れたもの」とある。が、伊織が聞いているのは、福山さんはその歌の中でどんな意味でまたどんな想いを持って題名にしたのかであろう。そう考えるとなかなか簡単に説明ができなくなってしまう駄目な母なのだ。

「化身って、人の姿になって現れる仏様か、はたまた悪魔か……福山さんはどういう気持ちでつくったのかなあって、ママは考えながら聞くことにしてる。それとか、この歌詞に出てくる人は、毎日の苦しさを誰かに救って欲しいと思っているのかもね。どれが正解ってないから、色々考えながら聞くと良いと思うよ」

とかなんとか訳の分からない説明をしていた。

沢山の質問の中で、名称や地名等ははっきり答えようがあるので、自分も一緒に楽しんで説明したり調べたりできた。例えば、

「『昭和やったね』の歌い出し、207号線とはどこの道路のこと言ってるの?」

という質問のショートメールが仕事中に届いた。学校の子どもたちを下校させ、会議が終わり

一区切りついたところで返信。

「福山雅治さんのふるさとは長崎だから、長崎のどこかの道路だと思うよ。帰ったら一緒に調べようね」

帰宅後、日本地図を出して、

「いお君の住んでるのはどこ？」

「長野県」

「地図でどこか分かる？」

「……」

「ここだよ」

「福山さんは長崎。小学校の頃みんなで家族旅行に行ったんだよ。どこでしょう？　ここだよ。遠いね」

「207号線、インターネットで検索してみようか。あった！　ここだよ。福山さんのおばあちゃんがこの辺に住んでいたんじゃないかな？」

などと話しながら二人で調べるのだ。

伊織の興味は単語から文へも広がっていった。

「蜜柑色の夏休みの蜜柑色って、夕焼けを意味しているの？」

「良い質問をするようになったね。う～ん難しいね。どうだろう？　そうともとれるね。でもママは夏の明るくて強い日差しの空の色のような気がする。……そういうこと、ずっと考えながら聞くと楽しいよ」

等など。伊織の特性として、いろいろこうして説明しても、忘れてしまうという特性がある。そこで私は思いつき、「語句帳」を用意してみた。分からない言葉、質問したい言葉や文を書き出して、調べたら意味を下に書いていく語句帳。伊織はとても喜び書き始めた。するとまた質問が倍増。メールのやりとりが盛んになったのだ。語句帳といっても、きちんとした語句帳ではなく、家にあった余った国語縦書き学習帳に、私が語句を書く欄に横線をいれてあげただけのものだった。二、三ページ罫線を入れておいてあげても、すぐにいっぱいになり、

「ママ、語句書くところもうないよ。線書いて」

とノートを持ってくるのだ。学生だった頃よりも熱心になったようだ。興味を持つとこうなるのだろう。調べた語句を全部覚える訳ではないのだが、ノートに書き込んで行くことも十分楽しいらしいのだ。

伊織の質問に私も恥ずかしながら語彙力のなさを痛感し、自信を持ってすぐに答えられないものが多く、国語辞典や広辞苑を出してきて伊織の要望に応えるように努力していた。辞書を伊織が自分で調べられるようにとも思い、試してみたが、ここはやはり知的発達に遅れを持つ子の難しさで、辞書を索引する手順、あいうえお順に探していく……その順番が分かりづらかったり、そこまでの根気等の問題で挫折。本人が目的に行き着く前に嫌にならないように配

慮し、私が調べて伝える……という方法をとっている。電子辞書にも挑戦しているが、まだなかなかうまくいかない。ただ息子は私とのやりとりを望んでいるようにも感じ、なんだかこれも楽しい時間だ。最近はスマホを手に入れたので、スマホに国語辞書のアプリを入れて、やり方を何度か教えておくと、どうしてもすぐに調べて書きたいときは、自分で入力して奇跡的にうまく引ける時もたまにはある様子だ。

そのうちに私は、歌詞の中の取り出した言葉や文では、歌詞の全体の意味もあり、説明しづらいことがある……と思うようになった。そこで今度は歌詞を書いてみることを勧めてみた。『伊織　お気に入り歌詞集』と題名を書いてやった。これまた普通の大学ノートを渡してやった。ただ最初にだらだらとつなげて書いてしまうことが予想されたので、

「題名はここ。作者はここ。詩は作者が書いてあるとおりに、空けたり、改行したりすること。その書き方の中にも書いた人の想いがはいっているから」

と説明した。すると実に丁寧な字で（彼なりのだが）「化身」の詩が書けた。

「丁寧に書けたね。良いね」

と褒めてあげると、にっこり（笑った拍子にヨダレがぽたり。あらあら……）。実に嬉しそうだった。

歌詞はインターネットで調べる方法を教えた。パソコンは小学生の頃から扱っていたので、日本語入力に自分で切り替え、「福山雅治　〇〇　歌詞」と検索して調べられるようになった。

著作権の問題もあるせいか印刷を勝手にできないような仕組みになっていることから、本人が困ってイライラ、きーきーとしていることがあった。

「写真にとったら?」

と助言すると、ガラケイ携帯で写真にとって詩を写すようになった。実にはまった。黙々と取り組むようになった。作業所から帰って来ると、伊織の仕事(洗濯物を取り込み、たたみ、それぞれの家族のかごに入れておくこと)をさっさと終わらせ、詩の書き取りに没頭するようになった。『伊織　お気に入り歌詞集』の側には『語句帳』も常に置き、分からない言葉を合わせて書き出しているのだった。お気に入り歌詞集はたちまち大学ノート一冊分が終わり次を要求してきた。嬉しい要求だった。

歌詞の中には英語が出て来るものも多くあった。ある日、aという文字の書き方が大変おかしなことに私は気付いた。思えば伊織は中学まで普通学校の特別支援学級にいたので英語授業にも触れたことはあったが、苦手だったと思う。通常授業も難しかったのだから。親として家庭では英語の歌のCDを聞かせたり、カードを見せたりの努力はしたが……。本人はあまり好まず、文字の練習なども好きではなく適当に書いていた。

しかし、成人してこうして自分の好きなものができると、難しかったものへも意欲が少し違うようだ。書きたいと思う気持ちからか、aの書き方を私がもう一度教えると、以前はあまり受け入れなかった文字の繰り返し練習も受け入れて書こうとするのだった。しめしめ、これを機会にと、ローマ字練習の学習プリントをインターネットで一通り印刷し、閉じてあまり強要せず渡しておくと、時々だがなぞって学習しているようだ。

伊織は次第に、

「『人生ってゲームを有利に運ぶには戦略は不可欠なはず』『人を斬るのも人に斬られるのもすべて自分の采配次第』ってどういう意味？」

というような質問もしてくるようになった。福山雅治「GAME」の歌詞からの質問だった。単語だけでなく文章の意味にも興味を持つようになってきたのだ。う〜ん、何と説明したら良いか困った。伊織の経験の範囲から分かるように説明する言葉が見つからず……本当に困った。自分のボキャブラリーの貧困さに自己嫌悪だった。

「ゲームするとき、勝つには色々考えないと勝てないでしょう？　そういうの戦略……って言うんだね。人生をゲームに例えて、福山さんはきっと厳しい社会で生きてきて、自分が生き残って成功するには色々と努力が必要だったんだと思うよ。『この人は自分にとって必要』『この人は……悪いけど今、要らない』って考えちゃうこともあったんじゃないかな？　そういう戦略を指揮するのを采配って言うんだね。人生を生きていく中で頑張ろうとする気持ち、みんなに頑張って欲しいと思う気持ちが願いを込めてこういう表現になったのかな？」

という訳の分からない説明をした。当然伊織は、

「？・？・？……」

ポカンとしていた。本当に自己嫌悪。冷や汗が出た。思ったことを言葉に表現することは、どちらかというと感覚的に生きている自分も苦手なところがある。でもだから、詩や文章に触れる中で、「そうそう。この感じ」とか「面白い表現」「すごいな、この言葉……」と興味を持つのだろう。伊織も言葉に興味を持ち始めたので、少しでも自分の気持ちを言葉にできたら……と思い、こんな風に勧めてみた。

「いおくんは、この曲、どうして何回も聞くの？」

「……なんか、良いから」

「なんかって？　例えば？　歌詞が面白い？」

「うん」

「のりが良いから？」

「どっちも……」

と笑ったのだ。あまりしつこくなると嫌になる人なので、嫌にならない程度に聞いた後、

「そういうの『感想』って言うんだよ。せっかくこんなすてきな歌詞集が出来てるから、自分の感想も書いてみたら？　短くて良いよ」

「どこに書くの？」

「ママが感想欄、作ってあげようか？」

そう言うと、嬉しそうににっこり頷いた。私は可愛いイラストの枠をパソコンで作って印刷

し、それぞれの歌詞のページに貼り付けた。にこにこして見ていた伊織だが、やはり歌の感想を言葉にすることは難しいらしく、感想欄の記入はあまり捗らない様子だ。

「後で。これ全部終わったら書くんだもん」

などと言い訳している。が、気長に好きにしてもらおうと思う。伊織にとっては、私が自分の大事な歌詞集に可愛らしい枠を貼ってくれる……そのこと自体のやりとりが楽しいのだろう。なんだかんだとお気に入り歌詞集は大学ノート数冊目となって、出ている歌はほぼ書いてしまったようだ。今は新曲が出ると、早くインターネットに公開されないかと心待ちにするようになった。また新しいアルバムが発売されると、お小遣いで買うから……とお店に連れて行ってくれるようせがむのだ。

少し横道に逸れるが、自分の時間を目標を持って自分で過ごしてくれることは、面倒を見る、介護する家族にとって、実は大切で重要なことなのだ。こうして一人で自分の時間を過ごしてくれることで、家族は心配なく安心して家事やそれぞれの時間を過ごすことが出来るからだ。その分、お互いのストレスが減るのだ。だから障がいの程度によってはそれが難しい家族も多く、社会的な支援は必要不可欠だと思う。

伊織がこのように生活してくれるようになったことは大変有りがたいことだ。これには伊織の特性や障がいの程度も勿論あるとは思う。が、これまで関わってくださった人々の支援にもよるものと感謝している。例えば夫だ。このように『事柄をある程度の形にまとめる』ということを習慣付けてくれるきっかけを作ってくれたのが夫ではないかと思っているからだ。

子どもたちが幼い頃、年に一度は家族旅行に連れて行ってくれた（子どもが大きくなってからは自分の趣味の釣に専念し、家族旅行はもうあまりないが）。しかも、できるだけお金のかからない方法で。アウトドアの大好きな夫はキャンプ等をしながら何泊かの旅に連れて行ってくれたのだ。私はどちらかというと、「よし、出かけよう」と決断しない限り家に籠もってしまう性格なので、子どもが幼い頃、色々な体験が必要な時期に、こうしてリーダーシップを発揮して、「行くぞ」と連れ出してもらえることは有りがたいことだった（急な決断で準備に追われ、あたふたしたこともあったが）。

そうした家族旅行の際、伊織が小学校一年生に上がった頃からか、旅行の前に伊織に、

「何を持って行ったらいい？　書き出してごらん」

と問いかけるようになった。誤字脱字を含みながら、伊織なりに必要な物をカレンダーの裏紙などに書き出していた。最初に書いたのが悲しいかな「くすり」だったことを覚えている。抗てんかん薬だ。生まれた時から一生飲み続けなければならない薬だ。これがないとてんかんが起きて自分も苦しいことを分かっていたのだろう。その他、下着、服、歯ブラシ等々自分なりに書き出していた。そしてこれを元に自分で準備したり、足りない物を私が用意したりするようになった。

旅行に出かけると、入場券やパンフレットを保管させた。帰って来ると行ってきた日付順に

思い出させ、写真を並べたりチケットを貼ったりして、最後に感想を書かせ、いわゆる「旅行記」をまとめるよう支援してくれていた。それをそのまま夏休みの自由宿題の一つとして学校へ持って行った。学年を重ねるごとに準備物の書き出し内容が伊織なりに詳しくなり、感想文も長くなっていった。学校の担任の先生も褒めてくださり、またまた得意気になるのだった。

特別支援学校高等部の時は寄宿舎に入舎したが、親元から離れる不安さの持って行き場を夫が、「日記を書いてこい」と勧めたのだ。誤字脱字満載、句読点のない、事実だけの脈絡のない文だが、伊織は入学してしばらく、毎日あったことを長い長い文に書いて、週末家に帰った時に私たちに報告してくれた。寄宿舎生活に慣れ、先生たちに心のよりどころを見つけると、日記の量は次第に減っていったように思う。

特別支援学校の先生方や寄宿舎教員の先生方がまた素敵だった。この本の『高等部入学そして寄宿舎入舎』に書いたことと重なるが、伊織が興味を持ったことをとことん支援してくれた。ハリー・ポッターシリーズの伊織の中での人気ランキングのまとめ、伊織の好きなアニメのワンピースに関連する興味の持てる支援の方法、ジグソーパズル、「料理人サンジ」になっての調理実習、等々。伊織は本当に楽しそうに特別支援学校時代を過ごした様子だった。

寄宿舎教員の先生は、忙しがっている駄目母の私の代わりに、伊織が使いやすいように三角巾のバンダナを形が崩れないよう縫い付けて下さったり、黒い靴下への名前の縫い付けを本当は私がやらなくてはいけないものを、気付くと黙ってやって下さっていて、赤面しながら本当に頭が下がった。

こうした陰ながらの様々な関わり方、支援があり、伊織は「自分の時間を目標を持って過ごせる」子になってくれたのだと思う。福山雅治効果の話から大分逸れてしまったが、でも表現しておきたい感謝の気持ちなのだ。

福山効果……きっとまだまだ続くだろう。

スマホ騒動

「いおくんは、スマホはどうしてだめなの？」

二十歳を過ぎ、携帯電話を持った頃、伊織は私にそう聞いてきたのだった。

思い返してみると、伊織が生まれた頃はまだまだ携帯電話は誰もが持っている時代ではなかった。私は伊織が幼い頃は携帯電話を持たせることについてあまり積極的ではなかったと思う。どちらかと言うとそうした物に詳しくなかったし、私自身が携帯電話を持ったのは三十代後半だったろうか、いよいよ仕事でもあった方が便利になってきたからだ（今では絶対的な必需品だが）。また、当時ＩＴにうとい私は、十代の子が携帯電話を持つことでの様々なトラブルや弊害についてのニュースばかりに目がいってしまっていたことも、積極的でなかった理由の中にあったと思う。

また、コミュニケーション面が大変難しい伊織に携帯電話は当時あまり考えられなかったのだ。しかし、そんな息子に携帯を持たせることを考えるきっかけになったのは、養護学校高等部に在学中のことだった。普通学校でも携帯電話を児童・生徒が持つことは様々なトラブルや弊害が心配されたころだったたし、「保護者の責任において呉々も注意して」とよく言われたたし、教師である自分も保護者会でそう話していた。

伊織が高等部二年の頃か、それまで寄宿舎に入舎していたが、寄宿舎は希望者が多く、もし入れなかった時は家から学校へどう通うかの問題が浮上したことがあった。共稼ぎをしている我が家にとって送迎が難しいことから、単独通学の話を先生にしてみたのだ。公共交通機関の便が大変悪い（？）ところに住んでいる我が家は車で行けばとても近いが、養護学校へ公共交通機関を使って通うとなると、バスと電車を乗り継ぎ大変大回りをして、通わなくてはならない位置にあった。しかし、当時はまだ私も主人も、伊織が電車やバスに一人で乗れるようになることは伊織にとってもできることが広がり幸せなこと……ぐらいにしか伊織の状態をあまり考えずに思っていた。

しかし、コミュニケーション面の難しい伊織は困ったときに人に話しかけられない……という難点があった。

「お母さん、携帯電話を持たせることは考えないですか？」

という担任の先生の何気ない一言に、

「えっ、伊織に携帯？」

と少し驚いたのを覚えている。今から思うと至極当然なことだったのにだ。十代の携帯使用＝トラブル＋贅沢等と思う必要はなかったのに。

先生も何かあったときに他人に話しかけられなくても、父、母に電話ができた方が……という意味であったと思う。でも、今まで一度も電話をできたことがないし、ましてやかかってきた電話をとったことのない息子だった。電話できるのか？　お金もかかることだし……。

この時の単独通学の話を機会に、家でも通学の練習をしてみたが、とにかくバス・電車内での不意な出来事への対処や交通機関の遅れへの柔軟な対応、ましてや、てんかん発作を持っている息子は何時発作を起こすか分からないことへの不安があった。てんかん発作への心配は大きくなり、いくら少なくなったとはいえ、学校の先生方が心配するのは当然で、私もあの頃発作が少なくなっていたことで気楽になってしまっていたかもしれない。

単独通学の話は、寄宿舎に入れることになったことからなくなったため、携帯電話の話も高等部のうちはなくなった。まだ高等部生なので、これはこれで良かったと思っている。しかし、この時の担任の先生の携帯電話への助言は、私の中で少しずつ温めるきっかけになったと思う。伊織はまだこの時点で携帯電話には幸い（？）強い関心は示していなかった。

伊織が高三になり、妹の智織は高校生になった。その頃になると時代もあり、娘は当然のごとく携帯電話の使用を要求してきた。しかも、ちょうどこの時期からスマートフォンの普及が爆発的となった年だったと思う。娘もスマホを買って欲しいと言って来た。友だちとの関わりや、これからの時代は自分の頃とは格段の差で、やはりこうしたＩＴ機器に慣れていかないと……そう考え、取り扱いやトラブル、弊害を娘に注意しながら、合格祝いも兼ねて与えることにした。

さて、このあたりから伊織は「あれ？」と思い出したに違いない。これまで兄妹に何かプレゼントする時は、何でも変わりなく、なるべく平等になるようにしてきたから。それは本当なのだ。娘は幼い頃、そんな私たちの想いを理解はできず、何かを感じ、

「いつもお兄ちゃんばっかり……」

と私や祖母を責めたことがある。が、全くの誤解なのだ。しかし娘には娘の言い分があり、そう思わせてしまった私たちにも責任があるのだろう。

子どもたちの成長、ことに娘の成長と共に平等さには少しずつ変化が起こってきたように思う。このあたりは仕方がない部分もあると思っている。言い訳だろうか？　しかし、私にはまだ確かな自信はない。この文章を書きながら自分で自分に問いかけながら日々過ごしている。

息子は生まれ出る時の不幸なアクシデントにより後遺症を負ってしまった。障がいを抱え、彼なりの自立を目指して育てて来たし、これからも育てていくつもりだ。でも全くの独り立ちは難しいだろう。私たちの死後も何らかの人の助けを借りながらの自立であろう。しかし、そういう自立であってもそれはそれで良いはずだ。良いと思っている。私たちは助けが借りられるような道筋を付けてから逝かねばならないと自覚している。

娘は幸い何もなく健常に出産できた。健常者として人生を歩む娘は私たちの死後、自分の力において人生を切り開かなければならない。全く一人で……という訳ではないが。それにしても、障がいを持つ兄の問題を抱えながら人との関係を作る力、仕事を人とできる力、自分の家族を作り育てる力、そうした力が育っている必要がある。障がいのある息子にも、もちろん同

じではあるが、最も厳しい立場に置かれるのは娘ではないだろうか？　と私は思っている。だから、娘の成長と共に平等さには少し変化が出てきているのだ。が、息子はどう思っているのかは分からない。あまり我が儘を言わないところをみると、ある程度自分の立場を理解しているようにも感じる。しかし、不思議に思い出したのは高三のこの頃だと感じている。でもまだこの頃は、

「いおくんも」

とは要求しなかった。

高等部を卒業近くなり、卒業後の生活を考えた時、手厚い対応をしてくれていた学校という枠を離れて、何かあった時の連絡方法など、やはり携帯電話は今の時代必要なのでは……と主人とも話し合い購入することになった。何かあった時にＧＰＳ機能で位置情報が分かるのも魅力だった。しかし、色々な機能を使いこなせる訳もなく（そういう決めつけもいけないが）、シンプルな物で良いのだ。しかも金銭面のことも考えると、キッズ携帯で十分ということになった。あまり欲のない（この頃は分からなかったのだと思う）息子は、それでも携帯が持てることの嬉しさで満面の笑みを浮かべていた。まだ学校を卒業していなかったので、昼間学校へは持って行かないことを約束してキッズ携帯を購入した。お店の人に、年齢の割にキッズ携帯購入ということで不思議そうな顔をされたのを覚えている。

キッズ携帯と言えども、携帯を持った伊織は大変嬉しそうだった。電話番号を保存できるの

は十件までと非常に限られていたが、よくよく吟味して入れていたようだった。もっとも人との関わりが苦手な当時の息子には十分だったように思う。キッズ携帯でもショートメールができ、これが思わぬ息子への発見となった。他人に話しかけられたり、話しかけるのが苦手な息子だったので、電話にはもちろん出ないし、かけられない。両親に話しかけられても、話題によっては返答するのに数秒かかる子だ。しかし、その子が文章によるメールならスムーズに用件を伝えて来られる……ということが分かったのだ。誤字もあり、つたない文だが、日記や文を書くのが好きな子だったので、あり得ることだったが、携帯を持つまでそうした使い方があったことに気づかなかった。

高等部を卒業し、福祉作業所に入った。家から毎日通うことができた。作業所の給金は大変安いものだったので、キッズ携帯の支払いは稼ぎと支出から考え、まあまあのバランスがとれている感じだった。しかし、キッズ携帯の扱いに大分慣れてきて、作業所の人なつこい伊織と違う性格の友だちとか、学校時代の親切な先生や大好きな寄宿舎の先生たちをどうしても電話帳の中に入れたいと思うようになってきたらしいのだ。彼なりに人間関係の幅が広がってきたのだろう。これは喜ばしいことではあった。

ある日、私の携帯を見ながら、

「ママの携帯には、いっぱい人の名前、入るの？」

と聞いてきた。

「そうだね。ママのはお仕事にも使うからたくさん入るよ」

と答えると、伊織はさらに、

「ちいちゃん（妹）のも入るの？」

と聞いてきた。

「そうかもね」

と何となくごまかした。しばらくすると、

「なんでいおくんのは入らないの？」

伊織はキッズ携帯と普通の携帯との違いに気付いたのだった。それからというもの、

「作業所の○○くんも持っているよ」

と普通の携帯を欲しがり、毎日のように私にねだるようになってきたのだ。こうなるとそれしか見えなくなり、もう大変しつこいのだ。十九歳になっていた。そこで私は二十歳になるまで待つことを提案し、ようやく受け入れてくれた。彼は二十歳になったら父母が持っているような普通のガラケイ携帯を買ってもらえるのを期待して、

「二十歳になったら携帯ね～」

と毎日歌うようにつぶやき、指折り数えて待つようになった。そして我慢に我慢を重ね、二十歳の誕生日を迎えた。

　誕生日を過ぎて、約束通り一緒に携帯ショップへ行った。インターネットは心配なので制限

をかけてもらった。ショートメールができれば十分だった。購入につき、「買うのはお母さんなので好き勝手な機種は選べません。お母さんが決めた機種の中から好きな色や形を選ぶこと。メールは人の迷惑にならないように、あまりしつこくならない程度にすること。一日一通以上しないこと」

等という約束を守り、伊織は嬉しそうにゴールド色の携帯を購入した。養護学校時代の先生にショートメールで報告したらしい。息子が通っていた特別支援学校に勤務していた私は、勤務先で伊織が心寄せる先生たちから、にやにやしながら、

「買ったんだって?」

と話しかけられることがあるようになった。こうなるともう親の範疇を超え、どういう話題でどの程度の交換をしているのやら気になる。とにかく交流している先生たちには、

「迷惑がかかるようなことがあったら遠慮なくお知らせください」

と挨拶するしかない。幸い、

「大丈夫、割とわきまえている感じだよ」

と言ってはもらえているが、本当のところは分からない。こちらに気を遣ってくれているのかもしれない。しばらく様子を見ることにした。

キッズ携帯よりもガラケイ携帯は、ショートメールの文字数も多く入力でき、それも楽しそうだった。言葉で伝えるよりも文章で伝える方が伝えやすい息子の特性に気付き、嬉しい出来

事もあった。伊織は「ごめんなさい」ということが素直になかなか言えない子だ。幼い頃からそうだ。なぜだか分からないが、人への挨拶も含めこのことは私を悩ませてきた。悪いことをした時、人に迷惑をかけた時に、親として当然「ごめんなさい」を言うことを要求した。そんなに大袈裟にせずに、苦手ならなおさら、さらっと言って終わりにしたいところだが固まってしまう。私もまだ若く子育てを始めた頃には二人だけでいると、こちらも引くに引けなくなった場面が多くあった。どうしてなんだろうといつも思っていた。だからそうした場面になってしまうと、内心『うわっ、またた……』と思ってしまうことが度々あった。

伊織が普通の携帯を手にした頃、何時だったかこんなことがあった。私は勤務先の学校でちょっとした行事があった。何の行事だったかは忘れたが、普段より少し早く出勤しないといけなかった。いつもなら前の日に息子に、

「明日はお母さん、○○があるので早く行かなくちゃならないからね」

と言っておく。すると息子も私に合わせて早く起きてくるのだ。多分不安さから、母と一緒に起きなくては……と思うのかもしれない。それでも、それでいつも落ち着いて、

「じゃあね、いおくん、行ってくるね」

で済んでいた。が、この頃から祖母との同居が始まり、私が出かけても祖母がいるようになったので気楽に考えていた。何も言わずに朝を迎え、いつもの時間に起きてきたら、母がすでに出かけようとしていた。私はおばあちゃんとゆっくり朝ご飯を食べてもらえば良い……程度に

思っていたが、息子はそうではなかったのだ。急に不安になったのだろう。顔色を変えて、出勤しようとする私の腕をつかみ離そうとしない。

「ごめんね。今日、ママ急ぐから」

という私の言葉はもう耳に入らず、

「だめ。駄目。駄目。だあめ！」

と左手で私の腕をつかんで離さない。もうパニックとなっていた。伊織は右半身麻痺のため左しか使えず、これまで生活してきた。だから左手のみすごい力が働く。私の腕をつかんだその手の力はだんだんと強くなり、祖母が引き離そうとすると私の腕の肉だけをつまんでひねる状態となった。激痛が走った。

パニックになっていると、大きな声で制しても効き目はなく、抱き寄せてしばらく話をした。泣きじゃくる伊織に事情を話し、お母さんは行かなくてはならないことをようやく理解してもらった。おかげで、この日の出勤は結局いつもと変わりない時間になってしまった。職場に着いて腕を見ると真っ青に腫れ上がっていた。時間が経つにつれ青くなるのだった。半袖シーズンだったために目立ち、同僚から、

「そのアザ、またクラスの〇〇ちゃん？」

と声をかけられた。その頃のクラスの生徒は他害をする生徒が多く、しょっちゅうひっかき傷やアザをつくっていたので、そんな声をかけたのだろう。

その同僚は、息子が小学校の頃に特別支援学級の担任をしてくれた人だった。こんな職業に就いていると、息子の元担任と同僚になるという巡り合わせもあるのだ。

「いや、実はこれは今朝息子が……」

と、クラスの生徒たちへの濡れ衣を晴らすために答えると、

「えー？　いおくんも、そんな風になることあるの？　何で？」

と聞かれ、照れくさいながら今日のパニックを簡単に話したことがあった。嬉しかったのはこの日、息子からメールが入った。

「ママ今朝はごめんね好きだよ」

という、なんと『お詫び』のメールだったのだ（句読点のない……）。驚いた。あの子が謝った？　嬉しかった。一人でにやにやしていた。携帯メールの意外な効用だった。


教育業界もＩＴ機器の取り扱いが当たり前となり、教師もスマートフォンを持つ人が大半となってきた。特別支援教育の現場にいる自分も、同僚がクラスの生徒に対して、学校にある機器だけでは間に合わないため自分のスマホを使い興味関心を引きながら支援する先生が増えてきたことを感じていた。実際便利だった。そこで自分もガラケイからスマホにすることにしたのだ。夫婦で購入するとお得……というキャンペーンに乗り、主人も一緒にスマホにした。

このあたりから伊織のスマホに対する興味は一気に広がった。妹は最初からスマホだったの

だが、そのときはあまり気づかなかったようだった。妹は特別……と何となく思っていたのか？　しかし父母もスマホになり、家族の中で自分だけスマホでないのはなぜだろうと思ったに違いない。彼は気付いてしまったのだ。そして、

「いおくんもスマホにしたい」

と言い出したのだ。私は心中『とうとうきた！』と思ったが、とっさに、

「いおくんは、ガラケイで十分だよ。スマホはだめ」

と答えていた。

　伊織にはスマホは必要ない理由とは？……。

「どうしていおくんはスマホだめなの？」その問いにどう答えたら良いか。私がどうしてそう思ってしまっていたのか。私には不安があった。当時の自分の思い込みの不安を書き出してみるとこうだ。

　スマホは大変便利だが、大変情報量が多く、取捨選択への判断が息子にとってはどうなのか？　ということだ。パソコンを持ち歩いているようなものだ。しかもスマホは、ちょっとした指の触れで次への扉を開けられてしまうのだ。面白半分に入り込んで行ったら？　おかしなサイトに入り込んでしまったら？　犯罪に巻き込まれてしまったら？　と思ってしまっていた（今でも思っている）。

　これには、自分のこうしたモノへの不慣れさが不安を大きくしていたと思う。自分も仕事上

あると便利なので購入したが、まだまだ扱いによく分からない点がたくさんある。これを知的発達に遅れのある息子が……と思うと不安は増した（テレビ録画やＤＶＤ・ブルーレイ等への写し処理、ウオークマンへの曲入れなどを、私が苦手なので息子が全部やってくれているにもかかわらず）。

同じ作業所に通う利用者の方で、Ｙさんという息子より幾つか上の先輩がいた。同じ特別支援学校の先輩でもあり、私もその学校に勤務していたので、担当学年ではなかったが彼のことは以前から知っていた。大変明るく人なつこく、人とのコミュニケーション能力の高い、息子とは真逆な特性だった。愛すべきキャラの持ち主だ。伊織のことも気にかけてくれてよく話しかけてくれる。自分からは話しかけられない伊織にはちょうど良く、ありがたい存在の友だちだと思っている。私のことを何故か「ママ」と呼び、時々息子の様子を携帯電話やメールで教えてくれることもある。何故私の携帯番号を知っていたのかと言うと、どうも息子はＹさんに押し切られて教えてしまったらしい。息子に番号をやたらに人に教えてはいけないと注意すると、

「だって、携帯持って行かれちゃったんだもん」

とのこと。どっちもどっちだ。それはともかく話を戻すと……。

彼はスマホを持っていた。伊織が作業所に入所し何回目かの保護者会だったたか、彼のお父様と話す機会があった。伊織がスマホを欲しがりだした時だったので、何気なくスマートフォン

のことを聞いてみたのだ。すると、

「いやあ、大変だったよ」

と話してくれた。その話の内容とは、実にびっくりしたり笑ってしまったりする内容だった。

何でも、ピザなどの食べ物の出前が夜中に届いたり、お母様の実家に届いたり（もちろんYさんがスマホで注文したらしい）でびっくりしたこと。月の使用料金が覚えがないのにびっくりするぐらい高いときがあり、調べてみるとYさんがゲーム等で使っていたとか……。

「俺が本当に驚いたのは、ロシアから請求書が届いた日にぁ〜さぁ……」

の話には私もびっくりだった。Yさんは面白そうな宣伝にどんどん入り込み、「ＯＫ」「ＯＫ」と「次へ」「次へ」と、どんどん入り込んで行ってしまったらしいのだ。途中でＩＤ確認等あったはずだと思うが、機転の利く彼はそういうことも理解して入力できたということだろうか？　ある意味素晴らしいと思う。とにかく何の買い物かは知らないが、仕舞いにはロシアの会社から請求書が届いてびっくりしたという話だった。そんなこんなもあり、いったんスマホはお父様が預かったらしいのだ。その話を聞いて、私は伊織のスマホ使用に対してますます警戒するようになった。

また、もう一つ私が伊織に「スマホはだめよ」と言った大きな理由には、やはり使用料金のことだった。我が家は共稼ぎ家庭なので今は経済的に特に困ってはいないが、いわゆるお金持ちの家庭ではない。スマホ使用料金は当時はまだまだガラケイ携帯より高かった。

私自身は特に貧困家庭ではないが、かといって裕福でもない普通の家庭に育ち、両親の教えは幼い頃から派手な消費生活ではなく「自分の収入に似合った生活をすること」だった。当たり前ではあるが……。結婚して自分の家庭を持つことになったが、やはり自分たちの稼ぎは普通で、普通の家庭であると思う。しかも退職が目の前に来た今は、特に退職後の収入がなくなった時の生活を思いやるようになってきている。

『自分の収入に似合った生活をすること』は、私のように思い切ったこともできず、何の取り柄もなく、ただ社会の規範の中でまじめに生きようとする頭の固い人間として、自分の子どもたちにもよく言ってしまうことだ。自分の分相応の生活をしないと、いらぬ見栄を張り、借金を抱えて幸せな家庭生活を送れないような気がするからだ。

そう考えると、伊織の収入でスマホの使用料金はどうなのか？　高すぎないか？　と考えてしまうのだ。だから、

「ママ、いおくんは、どうしてスマホはだめなの？」

と聞かれたとき、

「伊織はだめだよ」

と答えたのだ。伊織の収入は月七千円から八千円、多くて九千円前後なのだ（今はそれでも一万円を超えるようになったが）。しかも、それは私が手作り弁当を毎日持たせ、作業所のお弁当注文をしないのでまるまる貰えるのであって、他の利用者さんたちは、この額から多分お弁

当代の何千円かを引かれるのだ。すると給金として貰える額はかなり少なくなる。私も今は作って持たせられるので続けていられるが、そのうちお弁当を作って持たせられなくなる時も来るかも知れない。いったん便利な生活を手に入れてしまうと、その質を下げるのはなかなか辛いものがあるように思う。ましてや、その時になって便利な物をとりあげるとしたら、娘ならその理由が理解できても、伊織は何故そうするのか理解できないかも知れない、等々そんなこんなを先回りして心配してしまう母なのである。

しかし、一方で伊織だけにそのように我慢させることに疑問も感じていた。障がいを背負ってしまった息子、健常に生まれることができた娘、そのどちらも親として将来を思い、幸せに生活して欲しいと願うのは当然だ。とかく母親はいらぬ心配をしてしまうものなのかも知れない。特に私の性格はそうなのかも知れない。とにかく自分で幸せを切り開ける力を付けて欲しいと願っている。

自分で幸せを切り開ける力……、息子にはそうした力は自分だけでは難しいのが現状だ。だからといって、娘は自分の人生を自分で切り開ける可能性があるからそれだけでも幸せで、息子は不幸であるとは思わない。友だちもでき、大学にも行き、様々な体験もし、国内・海外旅行も友だちと楽しむ娘だが、いずれ現実社会に出ていろいろな諸々を引き受け、抱え、生きていく娘の将来を思うと、その荒波や難しさ、大変さをなんとか乗り越えて幸せになって欲しいと心から祈るばかりだ。

一方、障がいを抱えてしまった息子は……？　自分から求めた友だちらしい友だちは特になく（作ることが難しく）、彼の生活の範囲は狭くて大変限られ、人の助けを借りないと広げることは難しいだろう。しかし、それが不幸かと言えば、そうでもないのだと私は思う。息子の表情を見ていると、安心があれば、そう、不安がなければ結構幸せだと思うのだ。それに、息子は控えめで多くを望まない。自分の限られた生活範囲の中でささやかな楽しみを見つけてくれているように思う。

「何月何日はママと病院にリハビリに行く日だ。そしたらジュースを買ってもらう」

「次の日曜日にはママにワンピースの単行本を買ってもらうのだ」

「次の連休はパパと釣に行くんだ」

「何日は作業所の日帰り旅行なんだ」

「ママとあの映画を見に行くんだ」

等々、自分の生活の中で小さな目標を立てて満足してくれるのだ。こうした安定した情緒を持ち合わせて育ってくれたことはとても有りがたいことだと思っている。先ほど「安心があれば、不安がなければ結構幸せなのだ」と記した。その安心は、息子にとって今のところ両親。ことに母親の私であるようだ。嬉しくもあり、残念ながらその発達段階を脱することなく現在に至っていると言えば言えないこともない。大分長くその段階にいるのだ。そしてこれからも予想される。私が居ればとにかく息子は何をするにも安心で、怖い物はないらしい。思い上がりかも知れないが、ふと思うことがある。

この子は明日、世界が終わるとしても、私と居られれば、一緒に終わるのなら怖くないのだろう、そう思うことがある。

障がいのある息子、健常者に生まれた娘。どちらが幸せになるのかは誰にも分からないのだ。終わる時まで誰にも分からない。本人たちにも分からないのだ。

話が逸れてしまった。とにかく、よく考えると息子の願いはささやかなものである。そのささやかな願いも、あまり自分からはうまく主張できない。弱い立場の人たちにはそうした人たちが多くいるのだ。だとすると、周りの者が汲み、その人らしい生活の援助や実現を考える必要があるはずだ。

『その人らしい』……それは基本的人権を守ることでもあるはずだ。『障がい者の人権について』考え、語られる時代になっているはずなのだ。伊織の周りの者、それは今は母である自分なのだ。伊織にも伊織らしい人生と伊織の人権を保障してあげられる生活を、私の都合ではなく、考えていくことは、私の、私たちの、取り巻く社会の責任でもあるはずではないかと思うようにもなった。

スマホを持ちたい……という願いは、特に今の時代ではそんなに大それたものでもないはずだ、と考え直す機会となった。お金の面でも障害者年金を申請できることを知り、そのやりくりで何とか出来るのかも、と気づいた。

しかし、かといって何の約束もなくホイホイと簡単に与えてしまい、後で問題が起きては親も子も困ったことになるので、慎重に考えることにした。また、こうした機会をある転機と考え、幾つか課題を出すことにした。これを乗り越えてもらったり、できなかったにしても息子に考えるきっかけとなってくれたりしたら良いと思った。

私はこれまで息子の子育ての中で、いつもある区切りを大事に考え、課題を出して乗り超えるようにしてきた。これにには、なかなか頑固な息子の性格（若干自閉的傾向があるのか、知的発達の遅れから来る柔軟性の堅さなのか）という特性があり、そのような機会をうまく利用しないとなかなか変えてくれないところがあったからなのだ。しかし、いったん入ると大変良く守ってくれるという特性もあった。

スマホ購入にあたり、まず、

「スマホはお金がかかります。自分で十万円貯めること」

という課題を出した。親に買ってもらっていると、お金の大切さや価値もあまり分からないので、自分で貯めるとどれくらいの月日と大変さがあるか知ってもらえることを願ったのだった（お金の価値は金額が大きくなればなるほど……分かっていないようだ）。この課題を出すことで、私の計画の中では少し時間ができるはず（多分一年と少し）なので、この間に自分も少し色々調べたり、何を条件にして息子の生活がよりよくなるのかを考えたりしようと思ったのだ。

息子二十一歳の四月からだったと思う。

その月から、貰っていた月ごとの給金をこれまでは私が管理していたが（まあ、管理は変わりないが）、袋を息子に預け、自分の手元に置かせ、貯まり具合を目の当たりにするようにした。毎月の何百円といった端数は、これまでもそうだったが、自分でジュースを買う楽しみに自分の財布に入れていた。何千円という大きな（？）額のお金は袋に入れ、何月いくら……と記録しながら自分で貯めさせた。銀行に行く手間は働いている自分には忙しく、毎月行っている時間はないので、自宅で貯められて目に見える方法にした。息子はそれから給料日を楽しみにするようになった。

変な話だが、それまではお金に対しあまり執着のない子だった。祖母にお年玉やお小遣いを貰っても、しまうことをせず無関心だった。あまりお金の価値が理解できていなかったのだろうと思う。目標ができてからと言うもの、親戚の叔母さんに貰ったお小遣いやおばあちゃんに貰ったお金を、さっさと自分のその袋に入れ、「おばあちゃんから○千円」と記入するようになった。

また、それまで自分は学校を卒業して働いている、お給料を貰っている、お金がたくさんある、とおおざっぱに思っていたように思う。時々買い物に行くと、「いおくん、働いてるでしょ。お金あるでしょ？」という発言があった。

そういえば卒業して作業所に入ってすぐの頃、ゲームが欲しくなり「ＤＳゲーム機が欲しい」と言いだした時もお金を貯めさせた。すぐに買えると思ったようなので、息子の一ヶ月分の給料ではとても足りないということを説明するのだが、なかなか理解に手間取ったことを覚えている。あまりの落胆ぶりに、三ヶ月貯めたところで、母から前借りということで買ったことがあった。そんなこんなを経験しながらお金の価値を学んでいる。今回のスマホ騒動でもそれは良い経験になっているはずだ。

「今、いくら貯まっているの？」

と聞くので、

「自分で計算してごらん」

と計算機を渡す（筆算はとても息子には難しいので）。

「これ、いくら？　なんて読むの？」

と計算後、私に計算機ごと持って来たのだが、十万を超えていることがあった。おかしい、こんなすぐに貯まるわけがない……と母は焦り、計算し直してみるとやはり入力を間違えていた。

「ざんね〜ん！　まだまだでーす！」

の母の一言に「シュン……」となった顔もまた可愛いのだった。

伊織がせっせと毎月お金を貯めている間、私はこの機会をどう次の彼のステップに活かそうか考えていた。そして、「これだ！」と思いついたのだ。それは以前から気になり、練習しておかなければと思っていたことだった。

約八年、嫁ぎ先に同居させてもらっていた介護度5だった私の父が亡くなり、介護が終わると、ほとんど同時ぐらいのタイミングで夫の父、舅の具合が悪くなった。認知症だった。以前から心配されてはいたが症状が一気に進んだのだ。近所に住んでいたが姑だけでは介護に不安があり、早速今度は夫の両親と同居が始まった。

これまで教師という職に就き、フルタイムで働いてきた嫁である私を陰からずっと支え続けてくれたのが、主人であり舅、姑だった。しかも、障がいを抱えてしまった孫も優しく受け入れてくれ、寝たきりになった嫁の実父も引き取ることを承諾してくれた義理の両親の懐の広さに、私は大変な恩義を感じている。舅は二〇二〇年に逝ってしまったが、姑にはこれまで苦労をかけた分、幸せな生活を送って欲しいと願っているし、そのような生活を作ってあげたいと思っている。

優しい大好きなおばあちゃんとの同居には伊織も顔に出さないが嬉しそうだ。その伊織の祖母と同居し始めてふと思ったのは、私や主人が居ない間にもし祖母に何かあったら……という心配だ。昼間祖母が全く一人で居たときはある程度仕方ないことも考えられるが、作業所から伊織が帰ってきていて、二人でいた時に異変が起こり、一刻を争い救急車を呼ばなければならない状況となった時、伊織はおばあちゃんのためにベストを尽くせるだろうか？　私が実家の父を介護している最中、何度となくそうした状況になり、私も数回以上は家に救急車を呼び、伊織もその場で見てはいた。

そのことが気になり始め、何時か伊織に、

「ママと一緒に救急車を呼ぶ練習しようか?」

と持ちかけると、人に話しかけられない伊織はそのハードルの高さに、

「やだ。いおくんできない」

と、以後一切受け付けてくれなかった。しかし、とても大切な事であると私は考えていた。完全にできるようにならなくても、何とか練習に向かう気持ちや、できるようになるステップはないものかと思っていた。そこへ、この「いおくんもスマホ欲しい」問題。この機を逃す手はない。祖母のためにも、また伊織にもできることが一つ増えればそれはそれで自信となるに違いないはずだ。

「スマホを持つ人は、いろいろな事をしっかりできる大人にならなければいけません。おばあちゃんがもしも具合が悪くなった時、救急車を呼ぶのは大人として当然です。練習しておこうね。練習しないならスマホの話はなしです。どうする?」

スマホ効果は素晴らしく、『仕方がない……』を全面に出した、ぎこちない返事だったが、伊織はこの提案を受け入れたのだった。

私は次のような言葉を入れたカードを作り、音読の練習を一緒にした。救急車を呼ぶのはよく考えると祖母ばかりではないので、私たちのことも入れてカードの内容を作成した。

音読はもともと伊織は好きな方だったし、また学校へ通っている時代も、自分に与えられた

〈伊織　救急車の呼び方〉
（おばあちゃん・パパ・ママに何かあったとき）
携帯からの時：市外局番０２０７と１１９
家電話からの時：１１９
「もしもし、こちら１１９番です」と、
つながったら……次のように読もう！

『もしもし、救急車をお願いします。おばあちゃん（お父さん・おかあさん）が苦しんでいます。
ぼくの名前は成澤伊織です。ぼくには知的障がいがあってこれ以上、話をすることができません。助けて下さい。住所は◯◯市◯◯７８９—８　父の名前は成澤一郎です。
電話番号は◯◯◯◯—◯◯—◯◯◯◯です。
早く来て下さい。繰り返します。』

※『』内を2～3回繰り返して読む。「分かりました」と言われるまで読む。「分かりました。向かいます」という内容の返事がきたら電話を切る。

台詞はよく覚え、学習発表会等の発表の場でも不思議と大きな声で発表できる子だったのだ。おそらく何をするのかが分かっていると不安なく取り組めるのだろうと思う。だからダイヤルした後、あちらとのやりとりはできなくても、とにかく文を読み続けるという方法なら伊織も嫌がらないのでは？……と考えた。

そして、このカードをラミネートして伊織の身近に持たせることにした。いざという時はこれを見て電話できるように……と。

その他にも、スマホ購入にあたり伊織がステップアップできそうなことや、購入後トラブルなく使用できるためにはと考え続けた。「そうだ『スマホ誓約書』を作ろう」と、伊織が出来そうで出来ていないことや、安全な使い方について、思いつくものをメ

モし始めた。もっと何かあるのかもと思っていたところ、伊織を知っている同じ学校に勤める講師の職員に、

「いおくんは元気ですか？」

と声をかけられた。この方には伊織が小学校の時、スペシャルオリンピックスの活動を始めた頃にもお世話になったことがある、面倒見の良い優しい女性だった。スマホを欲しがるので誓約書を作成中であることを少し話すと、アメリカのお母さんでそのようなスマホの約束を息子に作った人がいる話がインターネットで出回っていることを聞いた。『母から子へ「スマホ18の約束」』という健常者の子どもへの約束だった。

「へぇー、やっぱ同じように考えるお母さんたち多いんだね」と話をしたのだった。参考のためその文面も読ませてもらい、取り入れられるところは取り入れて作成した。

これを作成している最中、本当にスマホを買ってもらえるのか伊織は不安な様子だった。不安になると落ち着かなくなるのが伊織だ。まあ誰でもそうだが、息子は特にそうで、毎日毎日、何回も何回も同じ質問を繰り返し問いかけてくるのだ。うんざりするほど……。

「スマホ、買わないの？　十万円貯まったら買うんだよね？」

「約束が守れたらね」

まだ作成中なので具体的に示してあげられないため、どんな約束なのかが分からず、ますますしつこくなるばかり。私も本業の忙しさもあり、この間は親も子も忍耐だった。

そして完成したのが次のような誓約書だった。

伊織とのスマートフォン誓約書

〈**購入前の約束**〉

①着替えかごには、つぎの日の着替え分とパジャマしか入れないこと。

②「ありがとうございます」「おはようございます」「おやすみなさい」を家族やお客さんにいうこと。

③聞き分けのない行動はしないこと（わがままはしない）。

④母と練習した救急車の呼び方を忘れずに、いざというときに必ず実行できるようにすること。

〈**購入後の約束**〉

①この携帯は半分は母のものです。母が使用料金を払っていくからです。伊織に貸しているものです。忘れないでね。ですから約束を守りましょう。

②セキュリティーパスワードをかけること。パスワードは父母に報告しておく（とても大切な個人情報が入っています。落として他人に使われたり見られたりしないように注意します）。

③スマートフォンは友だちや他人にかしたり、置きっぱなしにしたりしないこと。

④スマートフォンは電話です。父母は特におばあちゃんや智織（家族）から着信があったら必

ず出ること！（電話で話す練習をすること）

⑤一日三時間以上は使わない。

⑥食事中は使わない。

⑦入って来る宣伝や情報に「もっと見る」や「ＯＫ」を押さない。どうしても見てみたいものは、父・母に必ず相談すること。

⑧メールやラインには人や自分を傷つけるような言葉や内容は書かないこと。また、写真も同じです。おかしな写真をとって送りません。また、もらいません。

⑨スマートフォンでゲームをしたり音楽をやたらに聴いたりはしない（伊織はＤＳやウオークマンがあるので）。スマホは調べたいものがあるときにインターネットを利用する（伊織もやってみると良い知能ゲームが中にはあります。その時は父母が承諾したゲームならしても良いです）。

⑩物事を検索するときは父母にも見せられる内容のものに限ります（父母に見せられないような内容のものを検索してはいけません。ポルノ禁止）。

⑪ＳＮＳは成澤家では父母や伊織は当分使用しません。

⑫万が一トイレや床に落としたりなくしたり、破損させた場合は修理費用は自分で払います。家のお手伝いやお年玉、作業所で働いたお給金でカバーすること。

⑬公共の場（映画館・レストラン・電車内・人と話している時など）ではマナーモードにする

こと。人に失礼のないように！
⑭写真やビデオを膨大に撮らないこと。全てを収録する必要はありません。経験を肌身で体験して下さい。全ては伊織の記憶に収録されます。
⑮時々、スマートフォン（携帯）なしで生活することを覚えて下さい。携帯が全てではありません。
⑯父や母にスマホを時々見せること。
⑰使用中に不備がある場合は約束は見直し、話し合って変更することもあります。

以上、これが守られない場合はスマートフォンの使用を取りやめます。

父　成澤　一郎　印
母　　　理恵子　印

月　　日　　　　　　　　印

この誓約書を見せ一緒に読んだ。すると、ママはどうやら本気で考えてくれているらしいと伝わり安心したのか、しつこく聞くことを止めてくれた。そればかりか、〈購入前の約束〉の内容を普通に話したら絶対に受け入れないだろう事に、少しずつ努力をし始めたのだ。

①の着替えかごのこと――このかごは保育園か小学校低学年時代かに、なるべく自分で自分の服の用意をし、自分で着替えられるように私が用意したものだった。お風呂に入る前にパジャマと新しい下着を入れ、お風呂を出たらそれを着て、寝る前に次の日の服を自分で選んでかごに入れ、朝起きたら自分でかごの中の服を着る、という手順を教えたのだった。何回か一緒に行うと飲み込んでくれ、共稼ぎの忙しい私たちの手を楽にしてくれたのだ。

しかし、伊織には色々溜め込む癖がある。文房具や学校時代のプリント類もなかなか捨てられず、集める癖があるのだ。これには自閉的傾向があることにも関係しているのだろうと感じている。物事を自分なりのこだわりや自分なりのルールにしてしまうところがあるのだろう。いつからか、かごの中には冬のベストや靴下、明日の服ばかりでなく三日後の服までもが入るようになり、溢れるようになった。整理しようとすると「だめ。だめ」と大騒ぎとなる。あまり溢れているのでかごを大きくしてあげると、ますます抱える荷物は多くなり、逆効果だった。

主人にも「あれはなんとかならないか」と言われていたが、着替えを全部自分でやるし、手を煩わすわけではないので放っておいたが、かごの荷物はどんどん増える。リビングの伊織の決めた置き場所に溢れたかごが置いてあるのも何だし、服を詰め込み過ぎるので、次の日に着る服はいつもしわだらけとなるのもいかがなものかと困惑した。

そこでこの項目を入れてみた。するとあんなに拒否していたのに、かごの中を整理し始めたのだ。「これは今、いらないでしょ？」を受け入れてくれるようになり、溢れていたかごの中身がすっきりし始めた。

それから②の挨拶のこと――これはコミュニケーションがとれない伊織には最も苦手な項目であり、幼い頃から伊織のこうしたところは悩みの種だった。学校時代は勿論、実社会で生活していくには人と関係を作るのに大変重視される部分であろう。小学校の頃は子どもたちの通っている学校の校長先生や保護者会から「挨拶のできる子に……」のお話が出たり、自分の勤務する学校でも校長講話にはそのような話をよくされ、仕事上、また親としても重々理解しているつもりだ。が、自分の息子である伊織はどうしても出来ないのだ。どんなに一緒にやって見せても、年齢を重ねても……。仕事上のこともあり、若干針のむしろ的な思いであった。

幼い頃は一緒に近所を歩いていると、妹がその辺りを自然にカバーして、愛想の良い妹が可愛く挨拶をしてくれ、その陰に隠れていたのが息子だった。中学校に上がると、息子の中学は実に挨拶に力を入れている学校で、普通なら恥ずかしがる年齢の生徒たちが実に大きな声で気持ちの良い挨拶を校内外でもしてくれる素晴らしい学校だった。

そんな中にいても息子は駄目だった。身に付かなかった。特別支援学級にいたので、なんとなく許してもらえた。どんなになだめても、褒めても、叱っても無理だった。ただ、自分の大事にしているぬいぐるみの『チャチャ』に自分の代わりに言わせると、絞り出すように声を出すことがたまにあった。この辺りを見ると何かあるのだろうと思い、あまりうるさく言うのはいつからか止めた。こうした伊織の特性を理解してもらいながら生活させてもらうしかない。しかし、人にお世話になることの多い息子としては、やはり人に何かしてもらったら「ありがとうございます」は言えた方が良いはずだ。今回この機会にもう少し粘ることにして、項目に入れてみた。ダメ元で……。

「おはよう」「おやすみ」とこちらが言うと、一度はこれまで通り無視。貼り出してある『誓約書』に目をやりながら、

「うん？　何、伊織？」

と問いただすと、ぬいぐるみのチャチャチャと一緒にではあるが「おはよう」「おやすみ」と小さな声で、しかも普通の声ではない擬音混じりのおかしな声ではあるが、言うようになってきたのだ。もちろん問いたださなければ返さないが……。しかし、これまでのように無視のし通しはなくなり、伊織なりの努力が感じられた。

③の聞き分けのないこと――これにも効果は見られ始めている。些細なことでいったん「いやだ」と言い出すと、物事や場を選ばずだだをこねることがある。それがだんだんパニックになって自分でも収拾がつかなくなり、泣きわめいてへとへとになるまでやってしまう。それは予定が狂ったり不安になる出来事があったりした時で、こちらの提案の仕方にも問題はあるが、生活の中には時として予定が狂うこともある。仕方がないことがある。母と行くはずだった病院受診が仕事の都合上、主人と行ってもらわなくてはならないとか……。

「やだよ。やだ」

と騒ぎ出した時に、

「ごめんね。でもこういうことってあるんだよ。聞き分けのないこととはこういうことだよ。大人はこういう時『分かった』って言えるの」

と付け加えると、これまでのように何時までも騒がなくなった。ぐっとこらえる様子が見られるようになったのだ。もちろん全部ではない。そんなにうまくいかない。でも伊織なりに努力している姿が嬉しいのだ。

かくして伊織は月々のお給金を十万円目指して貯めつつ、このような課題に取り組みながら日々を過ごしていった。スマホが欲しいと言い出してから約二年、我慢に我慢を重ね、平成二十九年三月に貯金は十万円を超えた。誓約書にサインと捺印を押し、この月の下旬、安売りキャンペーンのタイミングも良かったので、めでたくスマホ購入を果たしたのだった。

項目の中に「家族からの電話に出ること」の欄があった。しかし、これも伊織にとって苦手なことであった。あまり期待はしていない。しかし先日、仕事の最中に会議の予定を入れなくてはならなくなり、その期日が息子の定期受診の年休日と重なるかも知れない……という時があった。でも私はその日にちをはっきり覚えていなかった。重なるとまた伊織が落胆する……でも今、急いで入れなければ……という時、駄目元で伊織に電話してみることにした。

伊織はこうした予定を実に良く記憶していて、これまでも病院通いの多い我が家は様々な受

診の予定を入れる時、

「そこは○○だから駄目。この日なら良い」

と伊織に聞きながら受付で返事をしてきたのだった。この日、勤務先からメールならともかく電話にチャレンジしてみると……。ＲＲＲ……

「なに？」

出た！　伊織が電話に出たのだ。

「……え？　ああ？　良く出たね。あのさ、今度の伊織くんの病院いつだっけ？」

「十日だよ。忘れないで」

「ああ、はい。そうだったね。じゃあ、この会議大丈夫だ。じゃあね」

短いやりとりだったが、切った後、私はしばらくまた一人でにやにやしていたのだった。

伊織の決められない現象？

伊織は普段は穏やかな子だ。どちらかというと幼い頃から大人しいタイプの子だった。しかし、自立していく健常児の男の子は、本当は目を離せないやんちゃな時期があるはずで、親に対しても反抗期があるはずだ。こうしたことがないこと自体、将来の自立に影響する心配な事態であることは、仕事柄あの頃からなんとなく分かっていた。だから、何事もなく無事に健常児として生まれた妹が成長するに従い、兄がしたことがないような目の離せないやんちゃぶりや思春期の反抗期ぶりには、

「全く、なんて口の利き方だ！」

とプリプリ腹をたてながらも、内心「これが本当なのだろう」とホッとしていた部分もある。

だが、伊織のこの穏やかさと、男の子でありながら優しい物言いに、忙しい生活の中で私はどれだけ癒やされて来ただろう。私がイライラしてつい理詰めと、きつい口調で注意してしまった時も、反論できるだけの語彙を持たない伊織は悲しそうに黙り込む。「あ、しまった……」と内心思う。そればかりでなく、伊織はしばらくしてにっこりしながら、

「ママ、大好きだよ。怒っちゃだめだよ」

と言う。伊織の精一杯の反論の言葉だろう。私は完全に冷静になり、駄目母ぶりに自己嫌悪と

なる。理詰めで責め立てたところで、伊織に分かるような説明をしていないのは自分なのに……。

「ごめんね。ママ、言い過ぎちゃった……」

するとと伊織は、決まってまたにっこりしてくれ、頭を私の肩のあたりにコツンとそっとぶつけてくる。いつもこれで仲直りになるのだった。

こんな穏やかな伊織だが、対応を間違えると、どうしようもなく手の付けられない状況になることがある。対応を間違えると……と書いたが、そのことに気付いたのは大分大きくなった頃で、幼い頃はどうしてそうなるかが分からなかった。

例えば、あれは二歳半ぐらいだったか、私は下の子を身籠もり産休に入った。伊織はその頃、歩行ができるようにはなっていたが、まだ危なっかしい足取りだった。リハビリを兼ねて毎日近所へ散歩に連れて出ていた。産休に入っているので八ヶ月にはなっていて、当然私のお腹もかなり重い。朝、一時間程度と思って九時頃に二人で出かけるのだが、これがすんなり時間通りには行かないことが多かった。最初はご機嫌で歩いている。私も仕事が休みになり忙しい毎日から解放され、伊織にもたくさんの時間を向かい合ってやれるので、とても幸せな時間ではあった。道の分かれ道にさしかかり、

「いおくん、どっちに行こうか？」

「う……」

と言って指さす。その頃はまだ言葉がすらすら出てくるわけではなかったので、指さしと共に喋ろうとしていた。

「こっちね。いいよ。行ってみよう」

そう言って指さした方へ手を繋いで一緒に歩き出す。が、伊織は足を止める。左手でダメダメというように手をふり、

「こっち」

と、さっきとは違う方向の道を指さす。

「やっぱり、こっちがいいの？」

と聞くと頷くが、また首をかしげてはっきりしないそぶりを見せる。

「こっちでも、いいよ。行ってみよう」

と手を引いて戻ろうと歩き出す。が、暫くして足を止めてまた逆の方を指さす。

「やっぱりこっちなの？」

頷きつつも、また困った顔で首をかしげる。

「どっちでも、いおくんの好きな方に行けばいいんだよ」

そう言って暫く待っている。首を何回もかしげながら困った顔をしている。それでも待っているとと歩き出したので、やれやれと思い一緒に歩き出すが、また引き返すそぶりを見せて止

まってしまう。

「どうしたの？　ママはどっちでもいいんだよ。いおくんの好きな方でいいんだから。やっぱりこっちの道にするの？」

伊織の眉間にはしわがより、泣き出しそうな顔になっている。

「じゃ、こっちでいいよ。一緒に行こう？」

「やや（やだ）。こっち」

と逆を指す。

「はい。じゃ、こっちね」

「やや、やや。こっち」

と、またまた逆を指す。道の途中で立ち往生となる。二人目の産休に入ったのは予定日が三月だったので冬だった。寒いし、何よりも私はお腹が大きいのでだんだん張ってくるのが分かる。とてもつらいのだ。

「今日はこっちの道でお家に帰ろう。さあ行こ！　ママ先に行こうかなあ……」

と少し離れてしまうと、

「やや、ちゃーちゃん。だめ」

と私を捕まえに来て引き戻そうとする。

「じゃあ、こっちなのね？」

と言うと、

「ぎゃー！」

と泣きだし地面に反っくり返ってじたばたする。「おいおい、いいかげんにしろよ」という思いが顔に段々出てくる。

伊織はますます不安になり「ぎゃー！」と道ばたで大パニック。もうこうなると本人もよく分からなくなってしまう。「なんでこんなことで？」とほとほと困った。泣き止むまで抱っこしていると次第に収まり、おんぶさせてくれるまでに落ち着いたらおんぶして帰宅。大きなお腹でのおんぶは大変だった。九時から一時間のつもりで出た散歩も家にたどり着くのは昼くらいになっていることがしょっちゅうあった。

また、五歳か六歳ぐらいの時だったか、大学のゼミ同窓会を白樺湖で開いたことがあった。子育て真っ最中の友人たちだったので子連れでの参加者もいた。私も二人の子どもを連れて参加した。お泊まりで宴会を楽しみ次の日解散したが、遊園地などがあったので、せっかく子どもも一緒なのでゼミ同窓会解散後、遊園地で子どもを遊ばせてから帰ろうと思った。

最初は楽しく遊んでいたのだが、お化け屋敷に入る入らないで、入り口まで行き、またパニック状態に……。もちろん最初に入ると言い出したのは伊織だった。この時は周りに大勢の人がいて、この騒ぎに私がいたたまれなかったのを覚えている。妹もこの時は三歳になっていたか、もうお喋りが上手だった妹は兄のこの状態をあきれて見ていて、

「もう、いおくん。しょうがないなあ。帰るよ」

などと泣きじゃくる伊織をなだめていた。

時々起こるこうした伊織のパニックがどういう時に起こるのかは、まだこの頃、私たち夫婦もよくつかんではいなかった（大人になった今でも完全につかんだわけではないが）。ただ「どっちでも良いと言っているのに決められない時に多い気がする……」と思い、幼い頃に診てもらっていた発達外来の児童心理の担当の先生に相談したことがあった。

「そういう時は、こちらで決めてあげてしまって良いんじゃないかな？」

と助言をもらったことがあった。自分で決めること、自己決定の力を大事に考えてきた私たちは目から鱗だった。

買い物の時もこういう事態になることがあった。好きなおもちゃを一つ……という時、これも良いあっちも良い、どれにしようという時だ。いつものようにだんだん不穏な雰囲気になってくると、お店だし人も居るし……迷っている二つを買ってやってしまおうか……と一瞬ひるむこともあったが、

「一つの約束だよ。二つは買いません。大騒ぎする人はもう買いません」

を通すことにしていた。買い物に関しては、おやつなどでこうしたことを繰り返すうちに黙って見ていると、本人なりに悩みながら、そして独特な決定方法で、あまり大騒ぎせずに決められるようになっていった。商品を前にして伊織は指をさして呟いていた。なんとそれは、

「てんじんさまの　いうとおり。たつたのたのすけの　いうとおり」という歌（おまじない？）のようだった。最後の言葉で止まった方を決定する……という方法をとるようになっていた。教えてくれたのはおばあちゃんかな？　と笑ってしまった。

小学校高学年になると、この地域は必ず登山があった。主人はそのことを考え、小さい頃から山に登る体験をさせていた。家族でちょっとした山へ登る機会を作っていてくれた。四年生になり、いよいよ来年は（五年生で登山は実行される）登山になるので、少し険しい山を選んだことがあった。そこの道を進む時も、行く行かないでこのような事が起こった。

この頃の主人は、伊織の障がいの状況を分かっているようでも、まだ受け入れきれないでいるところがあったように思う。何でこんなことでぐちぐち言うのか、何で決められないのか？山には危険もあるし、指示に従えないと大変なことになることもある。それを思うとイライラして大きな声で怒鳴った。伊織はますます不安になり、大きな声で泣きじゃくった。みんなで険悪な雰囲気になってしまったこともあった。その後主人は「夫と伊織」の中でも述べたが、そのままの伊織を受け入れるようになり、とても冷静に対応する父となった（私の方が感情的になることがあり、たしなめられる）。

何か選ばなければならない時、とにかくあまり迷わない状況にして話すとか、「こうするといいかもね」と助言し、決めやすい資料を端的に伝えてやるとか、そうしたことに気を配りながら接するように変えてきた。またその後の様子を見ていると、予定が急に変わるのは障がいを抱えた子にとって苦手な場合が多いが、どうも伊織もそうらしいことが分かってきた。すると不安になり、要らぬところで引っかかってくるのだ。

定期検診に私と行くことになっていたのに、会議や行事が入り行けなくなったことから始まり、不安から、その次の予約は何時入れるのか、今度はママが行くのか、などと何時間もこだわりつづけることもある。「次は何月に入れようね」「次はママと行こうね」とはっきり伝えると安心して黙る（ただ予定が分からないこともあるのだが）。こうした対応をする中で、あまりパニックを起こすことは減ってきた。減ってはきたが、やはり起こすことはある。普段は穏やかな子なので、忘れた頃にドカンとやってくることもある。うっかり対応を忘れ、間違えてしまった時に……。

大人になっても時々こうしたことは起こる。高等部を卒業するにあたり、家から作業所に通うことになった。学校を卒業してしまうと、これまでと違って出会う人も狭くなりがちだ。コミュニケーションが苦手な伊織はますます家と作業所だけになってしまう。それに私たちに何かあった時のために障がい児者のピアサポートセンター（日中デイ）と繋がっておきたいと思った。そこで、月一回か二回は土曜休みの日にそこへ行って、家族以外の人と一緒に過ごしてくる……と約束させた。お家大好きの伊織はあまり好んで行っているわけではないが、「伊織の人とおつきあいの勉強だよ」と言い聞かせ、行くようになった。

ここへ行く日が親の都合でどうしても変わらなければならない時があった。最近の安定した生活ぶりから、伊織のパニックを完全に油断し対応を間違えたのだった。

「〇〇日は連れて行けないから、別の日にする？　予約入れ直そうか？　迎えに来てもらうこともできるから、迎えに来てもらえばこの日行けるよ？　ああ、何なら今月は止めてもいいよ」

あろうことか、こんなにクドクドといろんな事を言ってしまったのだ。最初伊織はいつも通りの穏やかな感じで質問してくる。

「別の日にするの？」

の質問に、

「うん。それでも良いよ」

と答えると、首をかしげながら、ぽつぽつと、でも途切れない質問が始まった。

「なんで？　この日じゃなかったの？」

「なんで変えるの？」

「職員の人のお迎えは嫌だよ。ママと行かなきゃ」

「行かなくても良いって、どういうこと？」

「予約入れ直すって、いつ？」

しまった、私としたことが……と思った時にはもう遅かった。伊織はカレンダーを見つめながら、顔が不安顔に変わっていった。そしてその後はどんなに説明しても、また前の質問に戻り、進んだと思ったらまた戻り、私を追いかけ回して同じ質問をくりかえした。予定を急に変えたこと、選択がこっちでも良いしあっちでも良い……と、伊織の決められない現象にとって最悪な状況をまたしても自分で作り出してしまったのだ。

「あーあ、やっちまったな」

と主人。自分でも「完全に対応を間違えた」と思った。それが始まったのは夕方六時ぐらい。ここからが長い。私を追いかけ回し腕をつかんで離さない。腕の皮膚をつねってくることもある。

「伊織、ママ痛いよ」

と言って止めるが、

「なんでそんなこと言ったの？」

と目が据わってしまっている。主人や祖母が優しく、

「いおくん、痛いことは駄目だよ」

と声をかけると、手は離してくれるが、

「もう、分からないよ。どうしたら良いの？」

「分からないよ」

を繰り返し、しゃべり続ける。大きくなってからは泣き叫ぶことはしなくなったが、

「もう、どうするの？　分からないよ」

としゃべり続けるようになった。呼吸も荒くなり、苦しそうに言うのだ。

「そうだね。ママ、変えちゃっていけなかったね。ごめんね」

と謝っても、もうこうなるとパニック中なので何も入らなくなる。こうなるのは、大きくなってからの伊織は先の先まで自分で計画を立てたがるところも影響しているのだろう。この次の休みにはこれをしてあれをして、次の休みは……というように自分なりの計画が出来あがっているようなところがある。だから、それが一つ狂うと柔軟に対処できなくなるのだろう。そして、大きくなって語彙が少し増えたからこそ言った一言があった。

「もう、情報が多すぎて、どうしたら良いか分からないよ……」

そうなのだ。そういうことなのだと私は思った。そして遅い反省をするのだった。

苦しそうに私を捕まえて見つめ、首をひねりながら自分でもどうして良いか分からずにいる。ここで下手に「じゃあ、こうしよう……」などと言わない方がもはや良い。ひたすら一緒に落ち着くまで待った。そして、ようやく落ち着いてきた時、伊織が自分で、

「今月、ピアセンターに行かなくても良いの？」

と聞いてきた。

「良いよ」

「来月、増やさない？」

「増やさないよ。今月、お休みは家にいようね」

「やっぱり、行こうかな……」

と、また堂々巡りが始まりそうな瞬間、伊織をぎゅっと抱きしめて、

「いおくん、大好き。もう、終わりにしよう」

と言うと、やっと受け入れたのか、急に顔を腕に埋めて嗚咽するように泣き出す。鼻水をぐちょぐちょにしながらしばらく泣き続ける。そうしてすっきりと落ち着くのがいつものパターン。ここまでの時間、始まりが夕方六時頃で、ようやくこうして落ち着いたのが日付が変わって夜中の一時頃。実に七時間の攻防だった。もちろん主人もおばあちゃんも、もう寝ている。

　次の日、落ち着いた時間を二人に言うと、

「やれやれ、ご苦労さん。予定を変えるのは、特にピアセンターの予定は要注意だな」

と話し合う。その時義母も、

「小さい時からそういうとこ、あったわなー。下の家（当時は別居だった義父母の家）から上の家（今の我が家）に『行く……』って言って、歩き出すと、また『帰る』って言ってみて、帰るとまた『行く』って言うんだよ。『いおくん、どっちにするだい』ってよく話したもんだよ」

と言った。義母にも随分迷惑をかけていたんだな……と思った。しかし義母は実に優しく、いつも懐深く対応してくれたのだった。

伊織と私たちの今後

伊織は二〇二〇年九月一日、二十六歳になった。誕生日の一ヶ月程前から、プレゼントに福山雅治のまだ手に入れていないCDアルバムが欲しいことをアピールしたり、ケーキはいつ買って、誕生会はいつやるのかと質問攻めしたりしてきていた。共働きの我が家は誕生日当日が平日の場合、次の日の仕事を思うとゆっくり準備や片付けができないため（よく両家の祖父母を招待しての誕生会をしていた）、週末や休日に振り替えて行っていた。毎年嬉しくて楽しみなのだろう。今年の誕生日当日は平日だった。だからいつ誕生会をするのか気になって仕方がないのだ。

「誕生日の一番近いお休みの日にね」

と伝える。しかし、伊織が一つまた一つと大きくなり歳を重ねると、当然ながら伊織の周りの人々も歳を重ねる。賑やかだった誕生会や両家の食事会も、実家の母が逝き、父が逝き、主人の父が逝きとだんだん寂しくなってきた。妹も大学から家を離れ、卒業後都会に就職した。私たち夫婦も退職の歳が近づいてきた。会も簡略化（？）の傾向がある。しかし、伊織の気持ちはあの頃の幼児のままで、他人の誕生日は興味ないが、何時までも自分の誕生会はしてもらえるものと思っているところがあるのかも知れない。

今年の二十六歳の誕生日当日、都会に就職した妹から誕生日指定でプレゼントを家に届けてくれた。娘の粋な計らいだった。送ってもらったプレゼントを嬉しそうに開ける場面を動画に撮り、娘にラインで送ってやると、娘も嬉しそうだった。今年の娘からのプレゼントは音楽をよく聞くようになった（ほぼ福山雅治だが）伊織に音質良く聞けるイヤホンだった。娘も大きくなり、障がいのある兄を思いやれるようになった。家を離れて都会の大学へ進学した頃から、兄をはじめ家族に対し色々と気遣いをしてくれるようになり、兄の誕生日にもこうしてプレゼントをしてくれた。伊織には、

「こうしてしてもらったら、ちーちゃんにもいおくんからお返しをするものだよ」

と言い聞かせるが返事をしない。今いちピンとこないようだ。「ありがとう」もなかなか言えない。しかし、少しずつ変化しているのは、通っている福祉作業所で日帰り旅行等をしたとき、妹にお土産を買ってくるようになったことだ。伊織なりに心の範囲を広げられてきているのだろう。

高等部を卒業し、自宅から通う福祉作業所に進路を決めた時、伊織の人生の一区切りとして、ある意味での安堵感と今後に対してのかすかな不安を感じたのを覚えている。学校に通っている頃は担任の先生をはじめ、なんだかんだと関わってくれる人々がいて、心配な事はすぐに相談できる環境にあったのだ。それがなくなることへのかすかな不安があった。

しかし、幸いにもその頃から、この県では障がいを抱えた子の『個別教育支援計画』というものが整備され始め、学校時代から社会に出てからも、その支援の方向や経緯が記され、申し送られるシステムが浸透され始めた頃だった。『個別指導計画』（通常学校でいう通知表のようなもの）と関連づけ、保護者とも目標や支援方法を意見交換しながら個別の指導計画を作成し、更にそれを反映しながら『個別の支援計画』が作成され、社会に出た際にも申し送られていくのだ。私はこれまで「個別の指導計画」や「個別の教育支援計画」について学校から出された方向を修正することはあまりしてこなかった。学校の先生はいつも大変頑張って下さっているからだ。同業者をかばうわけではないが、本当に親身になって精神的にも身を削りながら考えて下さる方が殆どなのだ。教育現場に実際にいて、それは肌で感じるのだ（勿論、まれに「この人には担任になって欲しくない」と感じた人もいるにはいたが……）。

学校時代はこうした善意に溢れた人々に守られているのだ。何かうまくいかない問題があったら学校に行けば良い。学校に文句を言えば良い。家庭の問題も学校のせいにして聞いてもらい、気持ちのバランスをとれば良いのである。学校の教師たちはそれを理解しながら対応してくれる人が殆どだ。保護者とのやりとりに精神的エネルギーを遣いながら、でも子どもが中心であることを信念におき、子どもたちとの学校生活を日々改善しようと努力している人たちが大半である。学校時代はこうした人たちや組織に守られている。子どもの事、家庭の事をこんなにかまってもらえるのは学校時代だけであることを私たち保護者は理解した方が良い。勿論、学校の教師たちも、子どもたちと関わるのはほんの何年かであるが、保護者は一生その負担や心労を抱えていることを理解し、思いやるべきだ。

話が少し逸れたが、こうした守られた環境から離れることに少し不安を感じ、最後の「個別教育支援計画」の見直しの際、初めて書き加えの朱書きをたくさん入れて担任に返したのを覚えている。この書類が、これからの伊織を取り巻く社会に申し送られると思うと、できるだけ正確に記しておきたい……と思ったのだ。担任の先生は赤ペンでぐちゃぐちゃ書き加えられた書面にさぞ驚いたことだろう。そんなに書き加えられても紙面が足りないと思われたかも知れない。簡略化されすっきりした文章にまとめられていた。流石です（笑）。とにかく学校が終わる頃、そんな不安を持ったことがあった。

伊織にこれまでと違う何かを教えたりまたは提案するとき、混乱するなどなかなか学習しづらいので、ある区切りを目安に教えてきた。学校時代は学期があったり進級・進学があったので、区切りが付けやすかった。「○学期からはこうしよう」「○年生になるのだから、もうできるね?」と話ができた。それがなくなると思うと、卒業前に四月からの一応社会人としての生活のルールを決めておかないと……と思った。作業所にはきちんと行く子ではあろうと予想された。しかし、その他の家庭生活において、親元でだらだら生活していくのはどうか……と考えた。

そこで、「福祉作業所へ」のところでも述べたように、家族の一員としての役割を果たすよう話した。洗濯物担当は実に上手く学習し、今や共働きの我が家にとって伊織はなくてはならない戦力になっている。お風呂担当は小学生の頃に学習させてあったので、洗濯の全てとお風呂の家事は結構な割合を占めているため大変助かっている。片手で洗濯物を干すのはなかなか大変だが、麻痺側も支えに使い、工夫しながら干す伊織を見て、

「伊織はよくやるなあ。本当だぞ」

と主人はつくづく呟くことがある。私もそう思う。

我が家は田畑があり、畑は祖母が主にやってくれている。祖母のお手伝いを少しでもできるようになれば……と福祉作業所に入った最初の年に、家の裏からすぐの伊織が通いやすい場所の畑に、祖母に頼んで一畳分ほどの「伊織ファーム」を作ったことがあった。この範囲で伊織が好きな作物を育て、草の手入れをし、収穫していけば、農作業の作業に慣れ、興味を持ち、おばあちゃんの手助けが少しはできるのでは、と始めてみた。

伊織が選んだミニトマトと小玉スイカを植えた。しかし、畑の作業には伊織にはやはり助けが必要で、かなり手を出してやらないと難しかった。身体が不自由な伊織には危険も伴った。私もその頃はまだ実父の介護も仕事もあり、伊織に畑作業の十分な指導はできなかった。土日に少し一緒にできたが、農作物は時期を待たない。結局、祖母が草取りや作物の管理をしてくれ、祖母の仕事を増やしているに過ぎなかった。

ミニトマトがなると祖母に促され、伊織は畑に行ってつまみ食いをしている程度だった。そ

れだけでも良いと思えばそうなのだが、伊織の興味関心がいまいち農作業に行かないことと、私の体力が続かず、この活動は終えた。農作業の手伝いは、私がずっと家に居られるようになってからでも良いか……と諦めた。

もうひとつ、卒業時に新しく提案したことがある。それはレスパイトケアの利用である。こうした事業所が発達してきたことは本当に喜ばしい事である。伊織が生まれた頃はまださほどレスパイトケアをしてくれる事業所はできていなかったように思う。こうした事業所がない頃は、障がいを持った子の母親はほぼその子の世話を家庭の中でやりくりすることになり、外で働くことは難しかった。養護学校（特別支援学校）の登校・下校時間は九時・三時なのでフルタイムで働いていると、その中途半端な時間に送り迎えは難しいのである。しかし、学校としてもそれ以前それ以降の受け入れは、ミーティング、係ごとの様々な会議、教材研究、教材作り……と多忙きわまりない時間の中で態勢が難しいのである。

だからあの頃、障がい児を抱えた母親は泣く泣く仕事を辞めざるを得ない人もいた（中には子どもにしっかりと関わりたいからという人もいただろうが）。今や共働きが普通となってきた社会において、レスパイトケアをしてくれる事業所のここ十数年の発達は目を見張るものがあり、障がいを抱える子の母親もフルタイムで働けるようになった。またその子自身のコミュニケーションを広げる学習の場や重要な療育の場として活躍している。

我が家は両家の祖父母の力を借り、伊織が高三まで何とか家族でやり繰りしてきた。もうすぐ卒業という二、三ヶ月前に義父は認知症が悪化し、送迎ができなくなり、事業所を初めて利用した。学校への迎えを頼み、私たちが仕事を終えるまで事業所で預かってもらい、事業所へ私が迎えに行けば良かった。本当に助かった。

学校を卒業した後、福祉作業所に通うことで社会とはある程度繋がっていられる。社会と繋がるという意味では、小学校高学年から始めたスペシャルオリンピックスへの参加もその一つとなっている。スペシャルオリンピックスがまだこの市の近辺ではあまり活動が行われておらず、そのため主人もこの活動を広げようと自らファミリー代表を引き受けるなどしている。伊織はフロアーホッケーやスキーなど経験させてもらった。しかし今はボウリングが一番性に合う様子で、ボウリングの競技を月何回か楽しんでいる。心あるボランティアの方々に支えられ、何とか活動を続けられている。

しかし、祖父母や私たちに何かあったとき、伊織を預けられる場所を作っておく必要があった。また何もなくても、地域にこういう子、人が居る……ということを知っておいてもらう必要もあった。いざという時のために……。家族内だけで固まってしまっていると良くないと考えた。伊織はいつも「お家大好き」で、スペシャルオリンピックスの活動も基本、両親のどちらかが連れて行ってくれるなら「まあ、行っても良い……」的な態度なのだ。こんな感じなので、事業所の利用も学校を卒業するこの区切りを機会に説得しておきたいと思った。

「なんで行かなくちゃいけないの？」

と、やはり難航した。何度も同じような質問とやり取りの中で、最終的には、「学校を卒業した伊織くんのこれからの勉強は、家族以外の人と過ごしてくること！」と、半ば私に押し切られ、「月一、二回のお休みの日の利用と、私が宿泊学習や修学旅行の引率などの時、ピアセンターに泊まって作業所に通う体験をすること！」の約束をようやく取り付けた。

最初はだれか伊織の心のよりどころとなる人が必要だ。行き始めるとよく声をかけてくれる男性職員さんに慣れて来た様子で、その職員さんの名前を家で口にするようになってきた。良かった……。契約して初めての私の宿泊を伴う出張の時、初めてお泊まり利用をした。寄宿舎に居たのだから家から離れての泊まりには耐性はあったが、やはり不安らしく、色々質問攻めがまた来た。内緒で事業所に電話し、最初だけでも伊織が懐いているあの男性職員さんをお願いできないか根回ししたものだった。行けばなんということなく、涼しい顔で帰宅してくる。こうした経験を積ませたい。

事業所にも宿泊を定期的に入れてみないかと勧められているが、何としても本人が納得せず、こちらの計画は上手くいかずにいる。休みの日の昼間利用も毎週は嫌がり、多くて月二回が本人の精一杯の許容範囲らしい。また私にも予定が入り、この利用日を変更する時があるのだが、この事業所利用日の変更は、どうも伊織にとって最も神経質となるのだ。簡単に変えるとパニックの原因になる。なので慎重にするべきだと最近夫婦で再確認したところだ。

学校を終えてからの伊織の進路を私があの頃イメージしていたのは、伊織を良く理解してくれる人々に囲まれ、仕事ができ、家に帰ってくる。家で家族と仲むつまじく、細々と幸せな生活を送りたい……というものであった。今の生活はまさにその通りである。伊織のパニックになりそうな不安要素に先手を打って生活していけば、何のこともなく穏やかで幸せな生活である。

私の父を看取り、すぐに主人側の祖父母と同居を始め、伊織が居ることは、家族にとっても重要な癒やしの存在だった。義父も逝き祖母だけになったが、祖母と伊織にとってもお互いに心の支えになっているに違いない。おばあちゃんは伊織が見たいテレビにつきあわされているが、穏やかなおばあちゃんは全てを受け入れ、それはそれで幸せそうだ。緊急の時に必要だと祖母にも携帯電話を持ってもらったのだが、携帯電話の扱いはおばあちゃんより分かっていて、おばあちゃんはよく伊織にやってもらっているらしい。

家事は前述のように分担した物を責任もってやってくれる。身体が不自由で危なっかしいので、農作業も前述のように途中で断ち切りとなり、あまり手伝わせる体験をさせて来なかったが、作業所では体験させてくれているらしい。家で祖母の農作業の手伝いが少しできれば良いのだが、そこまではしていない。今後の課題かも知れない。

伊織の通う福祉作業所には高等部の頃に現場実習として入ったが、その時にお弁当持参だった。本決まりになれば、お弁当は注文しておけば作業所で用意してもらえる。これは有りがたいことだ。毎日お弁当作りがあるかないかは、仕事を持っている者としては大きい違いだ。しかし、作業所に受け入れが決まった頃、妹がまだ高校生だったため手作り弁当だった。一つ作るのも二つ作るのも大して変わりがなかったため、通所作業所へ決まってからも手作り弁当を持って行っていた。

やがて娘が高校を卒業して大学に行ったので、私も弁当作りから解放されるはずだった。しかし、伊織は最初が母のお弁当だったことからか、なかなか作業所のみんなと食べる注文弁当を受け入れてくれないのだった。これにはちょっと、最初の意識の入れ方を失敗した感（？）がある。未だにずっと手作り弁当を持って行く羽目になっている。かなり手抜きだが、毎日せっせと出勤前に伊織の弁当を作っている。ただ作業所の工賃は大変安いので、これで注文弁当にした場合、安い工賃の中からお弁当代金を引くと伊織の手元には殆ど工賃が残らない程度となってしまうため、それでは可哀想である。まあ本当に私が作れなくなった時は仕方ないから受け入れてくれるだろうと期待し、作れるうちは作ろう……と思っている。

「明日のお弁当に〇〇入れて！」

「デザートには〇〇入れて！」

と楽しそうに要求してくるのだった。

アイスクリーム好きの夫は冷蔵庫にアイスを見つけると、お構いなしにすぐに食べてしまう。

「いおくん、まだ食べてないよ。パパが全部食べちゃうから、隠しとく！」

と奥にしまい込む。または祖母の部屋にある冷蔵庫に移動させ、隠しに行く伊織。

「犬みたいだな」

と笑う夫……。

　そんな、たわいのないやり取りの一コマ一コマの中に幸せがある。

　夫は読書好き、映画好き、釣り好き、アウトドア好きで活動的な人だ。家でじっとしていることはまずなく、じっとして読書しているときは次の計画のための下調べや計画中なのだ。映画を見ているときはじっとしているが……（笑）。義父が弱り、米作りや土地の管理を引き継ぐことになると、やることが倍増して常に動き回っている。休日の一日も実に効率的に動きを考え、計画的に動き回る。私も稲作や草刈りは一応一緒にやる。そして一日が終わると、

「ご苦労さん。ああ、今日も一日よく働いた」

と言いながら、その日その日を完結させる。

「なあ？　がんばったな？」

と、たまには私にも同意を求めてくる。私も「うん」と笑いながら頷く。私は夫のこういうところがとても好きだ。なんと言うか、とてもさっぱりと、くよくよしない。本当は心配なところもあるのだろうが、考えても仕方ないことは口にしない。私にはないところだ。くよくよ心配性の私は常に救われてきたところだった。しかし私も、これでも一応『今という時が一番幸せなのだ』と思う方の人間だとは思う。「昔は良かった」とか「こうならないと、幸せではない」とか思う人間ではないと思う。こういうものの考え方は、伊織を育てていく中でも自分な

りに良かった点だと思う。

今の生活は、私たち夫婦が小学校卒業時ぐらいに伊織の状態を見ながら、伊織の将来の状態像を思い描いた時のように歩んでいる。伊織も作業所に通い、仕事ができ、社会とそれなりに繋がっていられる。朝も起こされることなく、自分から時間に必ず起きてきて準備できる。家庭生活でも自分の役割を果たし、自分の時間も自分で楽しむことができている。余暇時間の内容を時々見直して手を入れてあげることで、それなりに豊かになっている。

好きなテレビを録画して見ることばかりではなく、ある程度基礎的な読み書きも忘れないよう、漢字ドリルや書写ドリルも渡しておくと、きちんと自分で一日一ページずつと決めて学習している。終わって持ってきたときは、花丸でいっぱい褒める。塗り絵も好むため、段々難易度を上げた塗り絵を与えると、毎日少しずつ丁寧に取り組んでいる。今は「大人の塗り絵」シリーズにはまっている。また、片手でもできそうな編み物を探してきて紹介してみると、片手では明らかに大変であるが、思いのほか音を上げずにこつこつと取り組む。最近では間違うと自分でおかしいと気づけるようになり、ただ自分では直せないので、そこは私に直してくれるよう頼みに来る。しかし嫌がって投げ出そうとはしない。

「伊織は根気よくできるんだね。根気よく努力できてすごいね。偉いね」

とその都度伝えてあげると、にっこりと満面の笑顔をみせる。多分あまり慣れない人には見せない表情だろう。

人との関わりやコミュニケーションが全く苦手であるが、作業所でわずかだが工賃を頂くようになり、小銭は自分でおやつを買うお小遣いにしている。近くにコンビニができて買い物に自分で行けるようになった。ただ、店員さんに質問されても全く答えられないし、挨拶やお礼も一言も言わないので、きっと変な人と思われているだろう。お金の計算もすぐにはできないので、大きなお金を渡しておつりだけ貰ってきている様子だ。財布に小銭が段々増えて行く。しかし、自分から買い物に行く気になってくれて良かった。しかも私がまだ仕事から帰れない夕方の時間に一人で行ってくることができるようになった。だんだんと一人でできることが増えてくることは、いくつになっても嬉しい。

そこでもうひとつ、工賃を自分で貯金できるように貯金の仕方を教えることにした。これは家の側にローソンができたことで可能になった。歩いて行ける範囲で、私に頼らなくてもやり方を理解できれば一人で貯金できると思った。しかもコンビニのＡＴＭなら伊織の苦手な人との対応がなく、話しかけられてテンパることもない。自分一人で入金できるはずだ。

早速、ローソンで対応できる銀行に口座を開設し、カードを作った。何回か一緒に行き手順を教える。暗証番号も何とか覚え、一人でできるようになった。もちろん暗証番号は絶対に人に言ってはいけない秘密だと教える。

「無駄遣いせず、貯めておくと、スマホの買い換えもここからできるよ」

と伝えると、大変納得した様子だった。そして「このローソン、どうかつぶれないで……」

「悪意を持った人に付け入られないように……」とも願っている。

寝る前のベッドでの読書（最近ではすっかりコナンやワンピースの漫画の読書になったが）も欠かさない。というか、自分の生活の中でのルーティンになっているのだろう。ある意味こだわりなのだが……。その他の自分でできない部分（歯磨きの仕上げ、洗髪の仕上げ、身体洗いの仕上げ、身だしなみ、整理整頓など生活全般）は、親と一緒にいるので補ってやれる。大変安定した穏やかな毎日を過ごすことができている。

こう言ってはなんだが、今が一番幸せな時なのかも知れない。親の私たちもまだある程度若く、年寄りや障がい者である伊織の面倒も身軽に動け、補助することができるのだ。しかし、幸せな時間は早く過ぎる。やはり問題となってくるのは今後の事だ。ご多分に洩れず、私たちも年を取り、いずれは死んでいく。妹は自活できても、伊織は全くの自活は不可能だ。そのことはいつも私たちを悩ませる。私たちの亡き後も伊織の生活に不安なく、妹に負担が行かないよう生活の道筋をつけておいてあげる必要がある。妹も実は兄の今後の事が気がかりなのだ。

「大丈夫。いおくんのことはちいちゃんに負担にならないように、必ずママたちがしていくから」

と話す。大学を卒業して都内に就職が決まり、大人になった妹は、

「私にも相談して。一緒に考えるよ。私もある程度のことはしたいと思っているけど……どうなるかまだ分からない」

と言ってくれる。それはそうだ。就職したばかりで、家庭も持っていない娘に分かるわけがないし、まだ若くて将来もどうなるか分からない娘に、そんな心配をさせること自体気が引ける。ましてや無理解な世間の人からは、障がいを抱えた兄が居るだけで、娘の結婚に障害となるかも知れないのだ。娘が抱える人生の負担はどれほどのものがあるだろうか。

感受性の強すぎる娘は気も強くて、学校時代、特に多感な中学時代には女友だちとの関係作りに親として心配した時期もあったが、感受性の豊かな優しい娘に育ってくれたと思っている。きっと幼い時期や学校時代、多感な時期には、兄の事で友だち関係の中にも親には言えない、何とも言えない哀しみも経験してきたことだろうと察する。どうか偏見を持った人たちではなく、理解をしてくれる思いやりある優しいお相手、そしてその家族に出会ってくれることを切に願うばかりだ。

夫といつか話したことがあるが、兄がこうした負担を妹にかけるかも知れないが、しかし、娘の伴侶となる人は、ある意味、障がいのある兄が篩となり、真に人に対し思いやりを持てる、そして娘に愛情を注いでくれる相手を選別してくれることにもなるのではないか……と。どこまでも前向きな夫婦である（笑）。人生には波がある。浮き沈みがある。娘にも、どんなことがあっても最終的には前向きになって心を決め、生きて欲しいと願っている。

人生には波がある……。そうなのだ。障がいを抱えた伊織の子育てにも、気持ち的に前向きになったり、また不安になったり、光が見えたり見失ったり、そんなことを繰り返してきた。

私たちの今後を考えた今、また不安なそんな時期にきているのであろう。

　私は今、悩んでいる。伊織と私たち家族とのこの幸せな、安定した時間や生活をずっと続けていて良いのか？……大丈夫なのか？……と。私も夫もいつかは伊織を手放さなくては……と思っている。手放す……つまり、親の代わりに専門職員が面倒を見てくれて最期まで生活できる場……グループホームなり生活介護施設に入所させることだ。私たちの方が先に逝く以上、この子が一人になっても、生活に不安なく生きていける場を用意しておいてやる必要がある。それは、もっともっと先のことだと思っていたし、今でも、もっと先でも良いのではとも思っている。夫はどちらかというと、

「そんなこと、もっと後で考えれば良いんじゃないの？」

と言う。そうかも知れない。そうだと良い。そうしても良いかもしれない。その方が嬉しいが……。

　しかし、私は最近、少し違う考えを持つようになった。それは特別支援教育に携わっている職業柄のこともあるだろう。障がいを抱えた子どもたち、障がい者の中には、変化に弱い子や人が多い。伊織もそうである。そういうことも考えて、学校が終わるタイミングでピアサポートセンターの利用を入れ、お泊まり体験もさせるようにしているが、定期的に入れようとすると大変な抵抗を見せる。今、自宅で親の元で何の不安もなく、自分のルーティン、自分だけの生活スタイルを作り上げてしまって大丈夫なのか？　家族ではない人たちと生活をするとなっ

たとき、柔軟に対応できていくのであろうか？　柔軟性のある若いうちに家族以外の人と暮らしていくという体験をさせておいた方が、いずれその日を迎えた時にスムーズに移行できるのではないか？　と思うことが多くあるようになった。

歳を重ねていけばいくほど、あの子も頑なになり、柔軟性がもてなくなるのでは？　親が歳をとって弱さが出てきたところで入所をさせようとしても、対応できるのだろうか？　または私たち親が居なくなってから施設に入るとしたら、その精神的喪失感はどれほどのものだろう？　そうであるのなら、柔軟性のまだある若いときに自分の生活の拠点をそちらに移しておき、そちらで慣れておきながら、自分の両親つまり私たちが逝ったことを知らされる方がまだ精神的ショックは少ないのではないのか？　等々考えることも多くなってきた。

学校を卒業と同時に様々な理由で親元から離し、グループホームや施設入所を選択する保護者もいる。伊織の同級生の中にもそうした選択をした保護者がいた。でもその頃の私はとてもそんな気にはならなかった。考えも及ばなかった。しかし、先々を考えるとその選択はある意味、良い方向だったのかも知れない。別にあの時の選択を間違えたとは全く思わない。何故なら今の生活がとても幸せだからだ。

私の今抱いている不安は、これまでも何度となく来た不安の波の一部であろう。私は特別心配性ではない方だが、しかし伊織のことは特に先々の事まで考えておきたいのだ。夫にもう一度そう話した時があった。

「まだ良いんじゃないか？　それに、今その話を出したとしても、かえって不安定になって大変だろう」

と言った。夫にとってもいずれ考えなくてはならない問題ではあるが、あまり考えたくない問題でもあるのだ。夫としては家族に何かあった時に、「どうしようもなくなったら、伊織も納得できるのではないか？」と思っているところがあるらしい。それでも良いかも知れない。私もできれば伊織を手放す時のことは先延ばしにしたいし、考えたくない事なのだ。

しかしニュース等で時々、両親亡き後、残された自活できなかった子、または一人でなかったとしてもその兄弟の生活様相が激変し、ゴミ屋敷と化していたり、他人に助けを求められずにいつの間にか亡くなっていたりとか、また年老いた片親と暮らしていたが、その親がある日亡くなっても放置してあった……といったケースを聞くことがある。

そうしたニュースを見聞きする度に、障がい者ではない普通の人かも知れないが、社会適応において何らかのバランスの悪さを抱え、助けが必要だったグレーゾーンの人たちだったのではないかと私は思っている。そしてまかり間違えば、私たちにも伊織にもあり得ることなのだと。妹……娘には娘の人生がある。娘に負担のかかることは決してしたくない。

そこで私は、今から少しずつ伊織に話しておこうと考えた。多少、不安定になるかも知れないが……。その一つ目の行動として、伊織の妹、娘の就職を区切りとして伊織に話すことにした。伊織には新しい事を教えるとき、いつもこうした区切りを利用して教えてきたから……。

娘は二〇二〇年に都内での就職を決め実行した。就職の分野を一時期は私たちと同じ教育の分野でと考えたこともあり、そちらの学習を進めていたこともあった。私たちも帰郷して同じ分野に進んでもらえば何かと理解できるし安心だとも思っていた。教育方面に進むのか……と思いきや、どうもそれは両親に合わせていた気持ちだったらしい。ギリギリで自分の気持ちを話してきた。「教職の分野に進むのは、今の私には違和感がある。今は東京で一般企業に就職したいと思う」と。

企業は色々あり、企業への就職活動をしたことのない私たち両親にとって、正直よく分からない事が多すぎた。安定を考えてしまう私たちは不安はあったが、娘の決めたことなので尊重することにした。自分に合わない就職を選択してしまうほど不幸なことはないのだ。最後に自分の気持ちをよく告白してくれたと思う。

自分の決断により、誰のせいにすることなく、自分の責任において悔いのない人生を歩んでもらいたいのだ。二〇二〇年は新型コロナウイルスの猛威の中だった。コロナ禍で就職にも影響が出ている中だったが、採用してくれる会社もあり、娘としても「第一希望だった」という会社に内定が決まった。コロナ禍での他県をまたぐ移動規制が緩和された頃を見計り、家族で就職祝いを自宅で開くことにした。

話を戻すと、私はこのお祝い会を利用して伊織に話をすることにした。夫にもその時、伊織に話すことを宣言すると、

「言っちゃう？　そうかぁ……。まあ、特別支援教育をやってるママがそう言うんだからな」と言われた。そう言われるとあまり自信はない。やんわりプレッシャーをかけられた気分だった。

私の考えは、伊織が家から離れることを、伊織に家や私たちから引き離されるのではないかというマイナス的なイメージを持って欲しくはないと思っている。私も一時期教師になる前は社会福祉労働者だった。そうした福祉労働者の皆さんが、どれほど熱い想いと行動力で施設の利用者の生活作りを考えていて下さるかも理解しているつもりだ。そうした職員さんとの出会いや、同じ障がいを抱える仲間たちとの出会いは、伊織の世界を広げることになるはずだ。決してそうした施設に預けることは可哀想な不幸な事ではないのだ。だから、いずれ伊織は家から離れるときが来るけど、それはとても楽しみな事なんだよ……と、今から捉えていて欲しいと思っている。

そして、お赤飯を炊いてお料理を作ってみんなで娘のお祝い会をしている最中に、頃合いを見計らって私は伊織にさりげなくこう話した。

「ちいちゃんも、これで社会人。お家を出て自立の一歩を踏み出したね。今度はいおくんだね。いおくんも、いずれはお家を出て、自立しなきゃね。いおくんの自立は、ママたちから離れてお友だちと暮らせるようになることだよ。いおくんは、ちいちゃんのお兄ちゃんだものね。頑張れるよね」

娘は心配そうに私を見た。おばあちゃんは黙っていた。話すことを知っていた夫は、

「そうだな、伊織」

とだけ言った。それを聞いておばあちゃんも、

「そうだに、いおくん」

と言った。

伊織は下を向いていたが、目が泳いでいるのが分かった。お家大好きの伊織は小さく首を横に振って小さな声で、

「なんで。やだよ」

予想される反応だった。これ以上この話を続けると、不安が広がりパニックを起こすので、さりげなく、

「でも、まだ伊織君はだめだね。トイレの後、しっぽがでてるしい、歯磨き仕上げ、ママにしてもらってるしい、頭洗うの仕上げしてもらってるしい、お風呂のあと頭拭くとびしょびしょだしねー……こりゃまだ先だねー」

と言うと、伊織はほっとしたように笑って炭酸ジュースを飲んだ。

この日、その話はこれで終わりにした。しかし、この話を時々伊織との会話の中に入れるようにしている。

「なんで。やだよ」

が始まると、引っ込めるようにしてはいるが、少しずつ段々と伊織の意識の中に入れて行こう

と思っている。

良いか分からないし、家から離れることばかりがもちろん方法ではないかも知れない。もっと他の方法もあるかも知れない。自宅にいながら手助けを受ける方法もあるかも知れないが、私たちが亡き後、最終的な様々な処理を考えると、援助が必要なあの子が最期まで安心して生活できるためには、やはり仲間がいる施設が良いだろうと思われる。そうした施設にも様々な種類があるので、伊織の年齢や状態に応じて変えて行かなくてはならないだろう。ゆっくり情報を集め検討をしていけば良い。ゆっくり？　しかし人生は瞬く間に過ぎて行く現実もある。まだまだ先だとゆっくりしていて良いのか？　何が正解か分からない。本当に分からないのだ。

ただ、分かっていることは、伊織と過ごして来た今までと、今と、これからも、幸せだということだけだ。何もなかったわけではない。大変なこともあった。でも、この子が私に今まで気づかなかったことを気づかせてくれ、物事の見方を広げてくれ、深く考えてみることを教えてくれ、優しい気持ちにさせてくれ、思いやりある優しい人たちとも出会わせてくれるのだ。宝物なのだ。娘と伊織は宝物なのだ。

伊織は知的発達の遅れがあり、幼い。でも、その幼い何気ない行動がこの上なく可愛く愛おしいのだ。自分の触られたくない大事な物に「動かしちゃだめ」と張り紙をしたり、隠したりする。夫と笑ってしまうことがある。張り紙をするのは夫に言わせれば私の影響だそうだ。そう言えば私も大切な物を、仕事は早いが荒っぽい夫の扱い方に不安を覚え、「ここはいじらないで」とか「これは捨てない」とか張り紙をする。

また、伊織は私とお出かけしたいので、お出かけする都合を次々と考え出す。買い物、次の病院受診、私と共通の好きなアーティスト、福山雅治の何やかんやの情報を得ては映画やグッズ、アルバムを一緒に見に行こう、買いに行こうとしつこくつきまとってくる。忙しい時はうっとうしさも感じるが、笑ってしまうのだ。

なんとなく寂しくなって甘えたくなると、私の背中に頭をそっとくっつけてきて、しばらくすると安心してまた離れていく。他人から見たら、大きな体をして何なのか……と思われるかも知れない。あれではいくつになっても大変だなぁ……と思われているかも知れない。うまく躾けられなかったから、今でもああなんだ……と思う人もいるかも知れない。でも、私はそれでも幸せなのだ。この生活の一コマ一コマが幸せなのだ。この幸せな時間ができれば長く続いて欲しい、続かせて欲しいと願っている。

家族写真

心ない人との対峙

これまで幸いにもあの子を中心とした人との出会いの中では、その殆どが思いやりある方々に恵まれてきた。時にはおそらく悪気はないであろう心ない態度や言葉をかけられ、傷つくことも多少はあったかもしれないが、「そういう人もいるだろう」と気にせずやってきた。あの子を取り巻く環境や人々が、これからも理解ある人たちに恵まれていくことを心から願うばかりである。

私たちが正常に物事を判断でき、身体も元気でいる間は、何かあった時は伊織を守ってやれる。しかし、そうでなくなった時、どうあの子を守ってやったら良いだろうか？　私たちから離れなければならない日が必ず来るだろう。これまでのように、良心的な思いやりある人々に出会って欲しいものである。

ところが世の中には色々な環境で育ち、色々な体験をし、様々な考えを持ち、本当に色々な人たちがいるものである。弱い者に付け入るような人たちには、自分を守るすべを知らない弱者には近づけない環境がやはり必要だと思う。そういう意味でも、志を持って障がい者と接する仕事を選択してくれているであろう専門職員のいる施設は、親としても最も安心な場所と考える。

しかし二〇一六年七月、あの事件は起きてしまった。相模原市の障がい者施設殺傷事件。本書の「はじめに」にも書き繰り返しになるが、きわめて衝撃的な事件だった。あまりにも悲惨で、腹立たしく、そして哀しすぎる事件だった。被害者はもちろんのこと、そのご家族はどれほどの悲しみと怒りを覚えたことだろう。被害者の御家族に私たち家族とも繋がる意識が私にはあった。とても人ごとではない感情がこみあげ、衝撃的すぎてしばらく身動きとれず、固まったのを覚えている。

その後分かってきた犯行の様子や犯人の犯行理由の持論を耳にすると、怒りを通り越して具合が悪くなりそうなので、あまり見たくないし聞きたくもない。元はこの施設の職員だったのに……。この事件の犯人はもちろん稀に見る凶悪犯であるし、施設職員の中にこんな考えを持っている者はおそらくいないであろう。いや、そう願いたいものである。

「知的障害者は生きていても不幸なだけ」——恐ろしいまでの独りよがりのこうした持論。この持論はどこから生まれたのであろうか？　何故にそう思い込んでしまったのであろうか？　ここに記した文章を読んでくれた人たちは、私の息子のような障がい者は「やはり生きていても価値がない。不幸なだけ」と感じたであろうか？　そうであれば私の伝え方がまだまだ足りなかったのだろう。

息子が生まれ、障がいを抱えることを知り、どう向き合い、気持ちをどう切り替え、様々な壁をどう乗り越え、周囲にどう伝え、自分たち大人がどう変わってきて何を得て、どう生きて行こうとしているのか。そしてそれは決して不幸せではなく、一つ一つが幸せな過程であったことを私は伝えたかった。でも、それには周囲のそして社会の理解と心ある思いやりが少しだけいることも。

知らないでいることと、知ってからでは、随分ものの見方が変わってくることを歳を重ねた今、私は特に感じるのだ。知ることで見えていなかったことが見えて来る。自分が豊かになることを感じるのだ。

犯人は哀しいほどに独りよがりではないだろうか？　障がいを抱えた人たちとの生活の中で、彼らの良さを感じ取ることが出来なかった、感じ取るだけの知識と見る目が育たないまま、自分の独りよがりの持論を信念と勘違いし、凶行に及んでしまった。独りよがりの持論は信念ではない。ただただ頑ななだけだ。そして裁判が行われる頃になっても、「自分は間違っていない」と言い張っていると聞く。哀しいほどの心の貧困さにやるせなさが残る。ネット上では、こうした犯人の間違った独りよがりを信念と勘違いし賛同してしまう貧困な感性をもった人たちもいるようで、実にやるせない。

日本には死刑制度があり、こうした凶悪犯を死刑にするべきだ思う人もいるかも知れない。あの事件の被害者家族の怒りは収まらず、そう思う人も多いであろう。しかし、私は「自分が正しい」と思い込んだまま死なせても、被害者家族は本当に報われるのだろうかと思う。「知的障害者は生きていても不幸なだけ」と持論を展開し、「自分は間違っていない。これは自分の信念だ。死刑？　結構！　死んでやるよ」ぐらいにしか感じていないだろう。障がい者の親として、その意識のまま逝かせても、私の心は晴れないだろう。

生きて労働し、物事を知り、学び、人の傷みを感じ取れるだけの感受性を身につけ、自分のしたことの罪の重さを感じ取り、命を奪った者の家族の心情を思いやることが出来たとき、初めて私の心は晴れるだろう。そうでなければ、生き続け労働し、修行し続けてもらいたい。そういう意味では、私は「罪は消せないが、人は間違いを認めやり直せる、やり直すべきだ」と思っている方の人間だと思う。

話題は少し逸れるが、私がこれまで出会った教師の中に（あえて同業者・教わった教師、そのすべての中でとする）研究者気取りの教師がいた。学んでいるのだろうし、弁が立つ。自分の知りたい分野で実に努力する。しかし、時々心ない発言をしてしまう。そしてそれに気づかない。決して認めないし、議論を違うところに持って行き、自分を正当化し、決して謝ることをしない。周りの方（教え子も含め）がそんなその人物を許して認め、受け入れていたように見える。

その人物のことで、知人から「話を聞いて欲しい」と相談を受けたことがあり、これはいかがなものかと怒りを感じた話がある。知人はその人物の教え子でもあったのだ。その人物が知人に発した心ない発言によって、知人は深く傷ついていた。「病気だ、異常だ、受診を勧める」等の言葉を浴びせられたとのこと。教え子だったため、親しさから気楽に言ったのか？　それにしても人権侵害な不用意な言葉だと感じる。言葉は使い方によっては暴力ともなる。私たちは特別支援教育の仕事の中でもこうした言葉は最も細心な配慮の中で使うものであり、できればその言葉を使わないで説明するものと心している。

知人はその発言の真意を問い、話し合いたいとしたところ、逆にもっと酷い言葉を浴びせられ、それどころか、以前知人がしてしまった失言を持ち出し、「綸言汗のごとし」と責め立てたらしい。そして、

「一つだけ言わないことがある。これを言ったらもっとあなたは傷つくだろう。だから言わないが」とも言われたという。知人はとても意気消沈していた。私から言わせれば、そこまで言っておいて何が「傷つくだろうから言わない」などと、なんと底意地の悪い人物だ。言ったも同然なのに。研究者気取りのその教師は、「綸言汗のごとし」などという諺を持ち出しながら学のある自分を見せつけ、黙らせようと威圧したのだろう。

そもそも、そんなところに天子が発する意味の諺を持ち出すこと自体がおかしいし、一度口に出した言葉を許さないと責め立てるなら、自分の発した人格否定的な言葉についてはどうなのか？　一度口にした言葉は戻らない……つまり許さない、などという態度を教師が取るべきだろうか？　恐ろしく心の狭い人物だと、私は聞いていて呆れた。

結局のところ、痛いところを突かれ、謝りたくないし、自分のしたことを正当化しようと相手を思いやる気持ちなど微塵もなく、ただ自分のプライドのために論破したかったに過ぎない

のだろう。こういう人物は教師ではない。教師は教え子をこんな風に傷つけない。研究者のつもりでどんな立派に見える論文を出したとしても、身近な者を傷つけるような者は偽研究者だ。とんだナルシストだ。

この人物も頑なな独りよがりの持論を展開したに過ぎない。本人は認めないだろうが、きっと周りから人が去って行くだろう。見ている人は見ているのだ。あまり気に病まないことだと助言したい。しかし、こうした心ない人たちによって傷つけられる者がいるのだ。

相模原のような凶悪犯罪と一緒にはできないが、人は過ちを犯す。犯罪は過ちどころの話ではないが……。しかし、自分も含め、人は過ちや間違いは起こすものだ。無知からくる過ちもあるだろう。人の感情を読み取れないことから、心ない言葉を発して人を傷つけてしまう間違いも。でも間違いに気づいたら、心から謝るべきだ。そして許されない事も内容によってはあるかも知れないが、やり直せる努力ができる社会でありたい。人としてのモラルが高められる社会でありたい。そのような互いを思いやる優しさがない社会では、私の息子のような障がいを背負った弱い立場の人間は、そもそも生きづらいのだ。

おわりに

二〇一六年の相模原障がい者施設殺傷事件をきっかけに、障がい児を育てる親として書き記しておきたいとペンを取ってから（パソコンに向かってから）、もう四年も過ぎてしまった。言い訳だが、仕事や家事の合間に取り組むことでなかなか進まず、途中で投げ出そうとくじけたこともあったのが遅れた原因だった。それでも、一度始めたことであるし、もしかしたら何かしらのハンディキャップを抱えた子を持つ保護者には、自分の経験が参考になるかも知れない。それに、あの時の衝撃と自分が今思っていること、訴えたいこと、あの子と過ごす幸せな時間のこと、あの子をとりまく家族のことを記しておきたい。そして仕事を持つ主婦としての生活も、共稼ぎの中で様々な問題を乗り越えようとしている若いお母さんに何かしら参考になれば良い……などと思い直した。途中からは「これは私の宿題」と、自分に課した宿題のために再びパソコンに向かい始めた。

私は障がい児の（いや、もう大人になったので障がい者だ）保護者であると同時に、どうした人生のご縁なのか、特別支援教育を専門とする教師でもあった。仕事の中で幸いにも、自分にはない素晴らしさを持った保護者の皆さんに数多くお目にかかることが出来たのも励まされたことの一つだ。自分にも何かこの仕事を通してお返しすることが出来るかも知れない……そ

成澤　理恵子（なるさわ りえこ）

1963年　長野県佐久市瀬戸に生まれる。
1986年　長野大学 産業社会学部社会福祉学科卒
　同年　身体障害者療護施設勤務
　　　　明星大学教育学部 通信教育部にて小学校
　　　　免許取得
1990年　長野県教職員採用試験義務教育課程合格
1991年～各地の市町村立小学校・県立特別支援学
　　　　校に勤務し現在に至る。
　　　　（1993年：結婚　1994年：長男 伊織出産）
　　　　現在、長野県立上田養護学校に勤務。

小さな願い　障がい児を育てるということ―私の場合

2021年8月30日　第1刷発行

著　者　成澤理恵子
発行人　大杉　剛
発行所　株式会社 風詠社
〒553-0001　大阪市福島区海老江5-2-2
大拓ビル5-7階
TEL 06（6136）8657　https://fueisha.com/
発売元　株式会社 星雲社
（共同出版社・流通責任出版社）
〒112-0005　東京都文京区水道1-3-30
TEL 03（3868）3275
印刷・製本　シナノ印刷株式会社

ISBN978-4-434-29370-2 C0077

乱丁・落丁本は風詠社宛にお送りください。お取り替えいたします。